차원통제사

차원 통제사

1판 1쇄 찍음 2018년 3월 6일
1판 1쇄 펴냄 2018년 3월 13일

지은이 | 미르영
펴낸이 | 정 필
펴낸곳 | 도서출판 뿔미디어

편집장 | 김대식
기획·편집 | 김유미

출판등록 | 2002년 9월 11일 (제1081-1-132호)
주소 | 경기도 부천시 원미구 소향로 17번길(두성프라자) 303호 (우) 14544
전화 | 032)651-6513 / 팩스 032)651-6094
E-mail | bbulmedia@hanmail.net
비북스 | http://www.b-books.co.kr

값 8,000원

ISBN 979-11-315-8921-2 04810
ISBN 979-11-315-8457-6 04810 (세트)

차원통제사

미르영 현대 판타지 장편 소설

변종게이트

BBULMEDIA FANTASY STORY

5

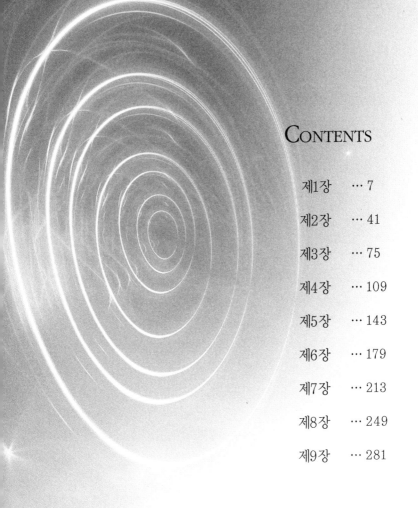

CONTENTS

제 1 장

천경을 이용한 비검의 힘은 능히 S급 능력과 비견되는 것인데도 놈에게는 소용이 없는 것 같다.

'생각을 잘못했다.'

야당의 원내총무란 자가 이 정도 능력자인 줄은 상상도 하지 못했다.

'어려울지도 모르겠군.'

비검의 공격을 피해 공간을 자유자재로 이동하는 터라 정확하게 타기팅을 하는 것도 어려운데, 지속적으로 공격이 이어지니 막는 것도 힘에 겹다.

콰드드드득!

'크으, 제기랄!'

이제 버티는 것도 한계가 왔는지, 놈의 공격을 막아내며 부르르 떨던 천경이 비틀리며 모양이 변하기 시작했다.

천경만 문제가 생긴 것도 아니다.

의지와 에너지를 집중하고 있던 탓에 내 안에 있는 삼단전도 일그러지며 쪼그라들더니, 에너지가 새어 나오기 시작했다.

— 마스터, 위험합니다.

— 크으, 나도 알아. 스페이스, 어서 방법을 찾아봐.

나로서는 이 난관을 헤쳐 나갈 방법이 없었기에 스페이스의 도움을 구했다.

— 저, 한 가지 방법이 있기는 합니다만…….

— 크으으, 뭔데?

— 마스터께서 전처럼 저 에너지를 흡수하는 겁니다.

— 놈의 의지가 실려 있어서 그건 불가능하잖아?

스페이스가 망설인 것도 이해가 간다.

의지가 실린 에너지의 경우 흡수했다가 폭주를 일으켜 죽을 수 있기 때문이다.

놈이 완벽하게 통제하는 에너지들은 의지가 실려 있어 절대 흡수할 수가 없다.

놈이 통제하는 에너지를 흡수했다가는 불속으로 뛰어드는 불나방 꼴이 되어버린다.

놈이 의지를 일으키는 순간 폭주가 시작되고, 그대로 내 몸이 터져 버릴 테니 말이다.

— 잘하면 가능할지도 모릅니다, 마스터.

— 가능하다고?

— 지금까지 살펴본 바로 저자는 다른 차원의 에너지를 완벽하게 융합하지 못한 상태입니다. 그 융합되지 않은 에너지를 흡수할 수만 있다면 내부에서 파탄을 일으키게 만들 수 있을지 모릅니다.

'융합이 완벽하게 이루어지지 않았는데도 저렇게 강력한 힘을 발휘할 수 있다니 놀라운 일이다. 완벽하게 통제되지 않고 있다면 기회를 만들 수 있겠지만, 위험할 수도 있는데……'

고민이 되지 않을 수 없었지만 결단은 빨라야 한다.

— 방법이 그것밖에는 없는 거지?

— 그렇습니다, 마스터. 하지만 저자의 의지가 실린 에너지는 아주 위험하니 융합하지 못한 것만 하셔야 합니다.

— 알았다. 이제 더 이상은 견딜 수가 없으니 한번 시도해 보자.

에너지를 흡수해 파탄을 일으키자는 스페이스의 제안밖에는 방법이 없기에 곧바로 시도를 했다.

내 감각으로는 놈의 위치를 찾을 수 없으니 공격을 할 수가 없는 상황이다.

하지만 에너지는 다르다.

위치를 이동해 가며 놈의 에너지가 천경에 집중하고 있으니 말이다.

'집중해야 한다.'

천경에 집중하며 떨어지는 에너지를 분석했다.

집중되고 있는 에너지 중에 놈이 미처 융합하지 못한 다른 차원의 위상 에너지를 찾을 수 있었다.

'저거다.'

곧바로 놈이 미처 융합하지 못한 다른 차원의 위상 에너지를 흡수하기 위해 삼단전을 개방했다.

"우웩!!"

일시에 몰려드는 에너지로 인해 삼단전이 무지막지하게 부풀어 올랐고, 그 여파가 내부 장기에까지 미쳐 피를 토해야 했다.

— 마스터!!!

— 크으, 걱정하지 마. 끝까지 견뎌낼 테니. 놈이 파탄을 드러내면 곧바로 알려줘.

— 예, 마스터.

게이트를 닫을 때 흡수한 것과는 차원이 다른 에너지의 양이 부담스럽기는 하지만 어떻게든 놈이 파탄을 드러낼 때까지는 견딜 수 있을 것 같기에 스페이스를 재촉했다.

'그나마 천경이 있어 다행이다. 직접 흡수하려고 했다면 내

몸은 이미 산산조각이 났을 테니. 이제부터는 놈이 알아차리지 못해야 할 텐데…….'

삼단전을 개방했을 때 놈이 뿌리는 에너지가 천경에 직격하면서 주변으로 퍼져 나가 맴도는 다른 차원의 잔존 에너지를 흡수하는 것이 가능했지만, 이제부터는 조심을 해야 한다.

이제부터 흡수해야 되는 것은 놈이 인식하고 있을 가능성이 높기 때문이다.

융합하지 못한 다른 차원의 에너지를 흡수하는 것을 놈이 알아차리고 통제하고 있는 에너지를 투사시키면 끝장이니 말이다.

놈이 모르게 다른 차원의 위상 에너지만 골라서 흡수해야 하는 것이다.

다른 차원의 에너지를 구분해 흡수하기 위해 감각을 집중하는 동안 공격이 더 거세졌고, 일분일초가 너무나도 길게 느껴지기까지 했다.

'찾았다.'

융합하지 못한 에너지 중에 놈이 인식하지 못한 것들을 찾아낼 수 있었다.

'저건 가능하다.'

곧바로 흡수를 시작했다.

처음에는 아주 조심스럽게 흡수를 했고, 또 다른 에너지를 찾아 나섰다.

그렇게 놈이 인식하지 못한 것들을 찾아서 흡수하면 할수록 구분하는 것이 쉬워졌기에 다행이 아닐 수 없었다.

'그것만이 아니지.'

상당한 양의 에너지를 흡수하자 아주 희미하지만 놈의 실체가 감각에 잡히기 시작했다.

— 스페이스, 반격은 한 번밖에 할 수 없을 것 같으니 준비를 좀 해줘.

— 예, 마스터.

천경으로 놈의 공격을 버텨내는 데 내가 가지고 있는 에너지를 대부분 쓰고 있는 중이다.

놈이 파탄을 일으킬 때 반격하기 위해서는 에너지를 별도로 모아야 했다. 그것은 시간이 필요한 일이라 스페이스에게 준비를 시켰다.

'스페이스에게 준비하라고 말하기는 했지만 어려울지도 모른다.'

스페이스에게 틈이 생기면 반격을 준비하라고는 했지만 점점 힘에 겨운 상황이다.

S급 진성 능력자를 넘어서는 초월적인 힘을 가진 존재의 공격은 그만큼 가공스럽기 때문이다.

스페이스의 판단으로 재빠르게 대처를 하기는 했지만 반격의

실마리를 찾지 못하겠다.

융합되지 않는 에너지를 흡수한 후에 마지막에는 반쯤 융합된 놈의 에너지를 흡수하면서 파탄을 주는 것과 동시에 반격을 하려고 했지만 쉽지가 않을 것 같다.

'그나마 스페이스의 조언대로 다른 차원의 위상 에너지를 흡수하지 않았다면 놈이 내뿜는 핏빛 번개를 막아낼 수 없었을 거다. 어떻게든 기회를 만들어야 하는데…….'

기회를 엿보고 있지만 힘들다.

놈이 내뿜는 힘을 감당하기 어려울 지경이 되자 뜻밖에도 스승님의 텔레파시가 들려왔다.

— 성찬아.

— 스, 스승님.

— 내가 도울 테니 네가 가진 단전만 이용하지 말고 의지를 불러일으켜라. 의지는 세상 모든 것을 포용할 수 있으니 말이다.

— 하지만 스승님, 저자의 통제하고 있는 에너지를 흡수할 수 있다는 말입니까?

— 걱정할 것 없다. 네 의지만 굳건하다면 설사 다른 존재의 의지가 실린 것이라고 해도 포용할 수 있음이다.

스승님이 말씀하셨지만 섣불리 시도할 수는 없다.

스페이스의 경고가 아니더라도 매우 위험한 일이었으니 말이다.

― 날 믿고 해보아라. 내가 가진 유물을 너에게 전하면 충분히 가능한 일이니 말이다.

― 스승님!! 안 됩니다!

스승님의 말씀은 절대로 따를 수 없는 일이다.

유물은 스승님의 목숨을 지탱하고 있는 것이니 말이다.

스승님께서 그것을 나에게 전한다면 곧바로 돌아가시고 말기에 반대를 했다.

― 성찬아, 이대로라면 모두가 끝이다.

― 절대! 절대 안 됩니다. 제가 어떻게든 해보겠습니다.

― 성찬아, 더 이상은 안 된다는 것을 너도 알지 않느냐? 네 덕분에 붙어 있는 목숨이기는 하지만 이미 하늘의 이치를 거역한 내가 아니더냐?

― 스, 스승님.

― 너와 성진이는 내 분신이다. 너희들을 살리는 데 그깟 목숨은 하나도 아깝지 않다. 그리고 너희들에게는 사명이 있지 않더냐?

― 스승님.

결심을 되돌릴 수 없다는 것을 깨달았다.

스승님의 말씀은 모두 사실이라고 할 수 있다.

계속해서 강력해지는 공격이라면 모두가 위험해진다.

― 성찬아, 이미 예전에 끝났을 생이었다. 너희들을 만나 모든 것을 이루었으니 나는 여한이 없구나. 부디 내 말을 따라주거라.

― 하지만 스승님, 저로서는 유물의 의지를 감당할 수 없습니다.

― 하하하, 걱정하지 않아도 된다.

― 무슨 말씀이세요?

― 성찬아, 네가 결계를 활성화해 준 덕분인지 얼마 전에 유물의 의지를 완전히 제압할 수 있었다. 비록 천수가 다한 탓에 영혼이 흔들리기 시작한 나로서는 더 이상 뜻대로 다룰 수는 없지만, 너라면 충분히 제어하며 활용할 수 있을 것이다.

유물을 얻은 후에 스승님은 에너지를 다루는 특별한 능력을 지니시게 됐다.

뭔가를 수련하게 되면 유물이 그에 맞는 에너지 속성을 가진 분신을 만들어내 스승님의 마음대로 활용하실 수 있을 정도로 말이다.

― 하지만 스승님께서 제압한 것이라서 다시 살아날 수도 있습니다.

― 걱정할 것 없다. 이제 다시는 부활할 수 없는 상태니 말이다. 설사 다시 살아난다고 해도 너라면 두 번째 능력을 각성하는 데는 아무런 지장이 없을 테니 말이다. 더 이상은 시간이 없

을 것 같으니 받아들일 준비를 하도록 해라.

— 크흐흑! 스, 스승님.

— 성찬아, 너무 슬퍼하지 마라. 그래도 네 덕분에 내가 가진 모든 것을 전하고 떠날 수 있으니 말이다. 이제는 네가 본 문의 대제자이자 장문이니 성진이도 그렇고, 새로 제자로 들인 녀석들도 잘 보살펴 주도록 해라.

— 크흐흑.

— 성찬아! 이제 눈물을 멈추고 시작하도록 해라.

이대로 있다가는 모두가 죽을 것이다.

스승님의 말씀을 따라야만 살길이 열리기에 눈물을 삼켜야 했다.

— 크흐흑, 알겠습니다, 스승님.

— 지금 네 몸으로 밀려들고 있는 에너지도, 그리고 공격하는 에너지도 모두 잊어라. 그리고 삼환제령인을 운용해 나누어두었던 의식을 모두 통합하도록 해라. 유물이 너에게로 전해지는 순간을 느낄 수 있을 테지만 그것도 모두 잊어라. 그리하면 온전히 네 것이 될 것이다.

— 예, 스승님.

스승님의 말대로 삼환제령인을 운용하며 단전들에 집중하고 있던 의식은 물론이고, 천경을 향해 내려치고 있는 핏빛 번개도 잊었다.

'의식이 다시 통합이 되고 있다.'

삼환제령인의 첫 번째 단계는 삼환명심법을 익혀 의식을 분리하는 것이고, 그 의식이 복수가 됐을 때가 두 번째 단계로 입문을 하게 된다.

본래의 의식에서 의식을 분리해 내는 것인데 혼원주로 인해 두 번째 단계에 접어들었다.

분리된 의식들을 내 본래의 의식과 같은 수준으로 끌어 올리고, 부분별로 통합시키는 것이 세 번째 단계라고 생각했는데 이제 보니 아닌 것 같다.

분리되었던 의식들이 다시 통합이 되고 있으니 말이다.

아무래도 스승님께서 또 다른 깨달음을 얻으신 것이 분명한 것 같다.

"크으윽!"

분리되어 삼단전에 머물던 의식을 삼환제령인을 이용해 통합하자 한 번도 상상해 보지 못한 고통이 치밀어 오른다.

삼환제령인을 운용하며 의식을 통합했지만 감당할 수 없을지도 모를 만큼 강력한 에너지다.

— 견뎌내도록 해라. 그 고통은 그저 너의 생각이 만들어낸 허상일 뿐이니 말이다.

— 스, 스승님.

스승님 말대로 허상이라 생각하고 모든 것을 잊어버리고 통합된 의식에 집중했다.

스승님의 텔레파시로 의지를 굳건히 하자 얼마 있지 않아 전신을 시원하게 만들어주는 아주 신비한 기운이 내 몸을 타고 흐르기 시작했다.

스승님의 몸속에 있던 유물이 나에게 전해진 것이다.

'어떻게 이런 일이 가능한 거지?'

놀라운 일이 아닐 수 없었다.

어느새 스승님이 가지고 계신 유물이 내 몸의 내부로 들어와 있었고, 놈이 가진 융합 에너지를 풀어내더니 게걸스럽게 흡수하고 있는 것이 느껴졌다.

'굉장하군. 유물의 의지가 놈이 발산하는 에너지를 분리해 흡수하고 있다. 다른 차원의 에너지뿐만 아니라, 놈의 본성이 키워낸 에너지까지 흡수하다니…….'

놈이 융합한 에너지가 분해되어 어디론가 흡수되고 있었다.

그리고 놈의 의지가 실린 본래의 에너지도 스승님 말씀대로 흡수가 되고 있었다.

놀랍게도 놈이 가지고 있던 본래의 에너지를 흡수하는 것은 내 몸에 자리한 유물이었고, 그로 인해 생각과 의지가 흐트러지자 다시금 고통이 치밀어 올랐다.

"크으으윽!"

― 성찬아, 내가 너에게 전한 유물도 잊어라. 오직 너의 생각

을 하나로 만드는 데만 집중하도록 해라.

뇌리를 울리는 스승님의 텔레파시에 다시금 의식을 통합할 수 있었다.

스승님 말씀대로 모든 것을 잊었다.

지금의 상황도, 스승님께서 나에게 전하신 유물과 말씀도, 그저 생각의 잔재일 뿐이라고 여겼다.

그리고 나란 존재조차 잊었다.

그렇지만 나에게 일어나는 모든 상황은 인지하고 있었다.

쩌—엉!!!!

벼락이 치는 것 같은 의식을 강타하는 느낌에 하나로 통합한 의지가 산산이 쪼개지며 사라지는 것이 느껴졌다.

— 성찬아, 그동안 고마웠다.

— 스승님…….

스승님의 텔레파시와 함께 정신이 아득해졌다.

친구와 사인방에게 뭔가를 전한 후에 갑자기 가부좌를 틀며 명상에 빠져든 스승을 지켜보던 성진은 갑자기 결계가 사라지고 바깥의 상황을 볼 수 있었다.

번쩍!!!

콰콰콰쾅!!!

수천 개의 핏빛 번개가 내려치는 한가운데 동생이 있었다.

진성 능력자를 상대하는 것을 보면서 무척이나 위험하다는 것을 알 수 있었다.

'저대로라면 성찬이가 위험하다.'

모든 것을 잊어버리고 통합된 의식이 무아지경에 빠진 성찬은 가부좌를 틀고 있었고, 정수리 위쪽 상공에는 알 수 없는 물체가 핏빛 번개를 흡수하고 있었기에 성진은 위험을 느꼈다.

"성찬아!!"

도움을 주려고 성진이 뛰어가려는 것과 동시에 성찬의 몸에 변화가 나타났다.

쩌—엉!!!!

천지를 울리는 굉음과 함께 성찬의 정수리로부터 뻗어진 광채가 천경으로 이어졌다.

"아!!!"

성진을 비롯해 결계 안에 있던 이들이 탄성을 내지르면 놀라운 광경을 바라보았다.

변화는 그것으로 끝나지 않았다.

천경 바로 앞 쪽에 공간을 뚫어버린 것 같은 블랙홀이 만들어졌다.

그리고 블랙홀은 천경을 향해 쏟아지고 있는 붉은 번개를 흡수하고 있었다.

털썩!

동생인 성찬의 몸에서 가공할 만한 변화가 나타났지만 성진은 그것에 신경을 쓸 겨를이 없었다.

가부좌를 틀고 있던 자신의 스승이 쓰러졌기 때문이었다.

"스, 스승님."

성진은 급히 스승을 살폈지만 맥박은 물론 호흡이 하나도 없었다.

"스승님!!!"

성진은 스승을 눕히고 급히 심폐소생술을 펼쳤다.

가슴을 지속적으로 압박하고 인공호흡을 하며 깨어나기를 바랐지만 시간이 지나도 스승의 눈은 떠질 줄을 몰랐다.

"크으으윽!"

성진은 스승이 돌아가셨다는 것을 깨달았다.

죽음을 맞이한 스승이었지만 미소가 가득한 얼굴을 보며 성진은 스승이 자신의 동생인 성찬을 위해서 무엇인가를 했다는 것을 알 수 있었다.

주르르륵!

성진의 눈에서는 굵은 눈물이 흐르고 있었다.

'어떻게든 성찬이를 도와야 한다.'

성진은 스승의 시신을 조심스럽게 눕히며 S급 진성 능력자의 공격을 막아내고 있는 동생을 지켜보았다.

스승이 죽음으로 지켜낸 동생이 위험할 경우에 곧바로 뛰어들기 위해서였다.

우―우우우웅!!!

핏빛 번개를 흡수하고 있는 블랙홀 같은 것이 점점 더 커지기 시작했다.

공간 자체를 잡아먹으며 공격의 근원지를 향해 점점 더 자신의 세력을 넓혀가고 있었다.

아주 빠른 속도로 공간을 잠식하는 블랙홀 때문인지 떨어지는 번개들이 점점 더 많아지고 있었다.

번―쩍!!

콰르르르릉!!

광폭해 지는 핏빛 번개들을 아랑곳하지 않고 블랙홀은 전부 집어삼켰다.

변화가 일어났다.

맹렬한 기세를 내뿜으며 내리꽂히던 핏빛 번개들이 마치 그물을 피해 도망가는 물고기처럼 벗어나려고 요동쳤지만 이내 거대한 블랙홀에 잡아먹혔다.

그것만이 아니었다.

성찬을 공격하던 S급 진성 능력자가 있는 곳까지 찰나간에 세력을 넓히더니 순식간에 삼켜 버렸다.

"크아아아악!!!!!!"

핏빛 번개를 뿌려 대던 김상겸이 블랙홀 같은 것에 삼켜져 버리며 처절한 비명이 터져 나왔다.

번쩍!!!

뒤이어 섬광이 터져 나왔고, 온 세상을 빛으로 물들였다.

"서, 성찬아."

섬광이 사라지고 난 후, 성진의 눈동자에는 가부좌를 틀고 있는 성찬의 모습이 보였다.

털썩!

"성찬아!!"

옆으로 쓰러지는 동생을 부르며 성진이 달려갔다.

"성찬아."

입가에 흘러내린 핏줄기를 바라보며 내상을 입었음을 알 수 있었던 성진 성찬을 안아 암자로 옮기려 했다.

"스, 스승님."

"휴우……."

벌써 사흘째 정신을 차리지 못하는 동생을 바라보며 성진이 한숨을 내뱉었다.

S급 진성 능력자인 현화가 신체적으로는 아무 이상이 없는 상황이고, 그저 자고 있을 뿐이라고 단언을 했지만 걱정을 떨쳐 버릴 수 없었기 때문이었다.

"무리를 해서 좀 쉬면 의식을 차릴 것이라고 했으니 기다려 보자. 그나저나 스승님께서 운명하셨다는 것을 알게 되면 상심이 클 텐데……."

스승의 죽음에 심적 타격을 받은 것은 마찬가지지만 동생의 상심이 더욱 클 것이라는 생각에 성진은 마음이 아팠다.

"스승님께서는 자신이 바란 것을 모두 이루셨으니 나부터 정신을 차려야 한다. 그래야 성찬이를 지킬 수 있다."

스승의 시신은 숨을 거둔지 얼마 지나지 않아 가루가 되면서 마치 연기처럼 사라져 버렸다.

스승이 돌아가시기 전에 텔레파시를 통해 유언을 남긴 터라 자신은 마음을 다잡았지만 동생은 충격이 클 터였기에 상심할 동생을 지키기 위해 성진은 각오를 다졌다.

"그자가 사라진 것 때문에 여기에서 벌어진 일은 알려지지 않을 테니 미리 준비를 해두자. 다른 녀석들에게도 스승님이 전하신 것을 빠르게 전수해야 하니까."

암자 주변에서 경천동지할 일이 벌어졌지만, 마도 방어 시스템이 곧바로 작동을 해서 그런지 세상에는 그다지 알려지지 않았다.

뉴스를 확인해 봤지만 수천 개의 번개들이 지상으로 떨어지는 기이한 자연현상이 일어났다는 보도만 나왔을 뿐, 특별한 것은 없었다.

야당 원내총무인 김상겸이 실종된 것 때문에 온통 난리인 터라 사람들의 뇌리에서 이내 사라져서 다행이 아닐 수 없었다.

이곳의 존재가 알려지면 곤란한 상황에서 자칫 국정원이나 능력자들의 관심을 끌 수 있었기 때문이었다.

"앞으로가 문제인데, 이 녀석이 자고 있으니……."

암적인 존재를 제거한 상황이라 앞으로 어떻게 움직일지 생각할 때였는데, 동생이 잠들어 있어서 고민이 아닐 수 없었다.

덜컹!

생각을 이어가는 찰나, 문이 열리며 박근호가 들어왔다.

"성진아, 좀 어떠냐?"

"아직도 자는 중이다."

"현화 씨 말로는 이상이 없다고 하는데, 되게 오래 자는구나."

"감당할 수 없는 적을 상대했으니 그럴 만도 하지만, 어서 깨어나야 할 텐데 걱정이다."

"그러게."

박근호가 침울한 표정으로 성찬의 안색을 살폈다.

"그나저나 앞으로 어떻게 할 거냐?"

"스승님이 남기신 유언대로라면 앞으로 수련을 해야 할 텐데 걱정이다……."

"정신없이 바빠질 테니 그건 걱정하지 마라."

"성찬이가 언제 깨어날지 모르는데, 우리가 수련을 할 수 있다는 거냐?"

"성찬이가 깨어나기 전까지 내가 수련을 시킬 생각이다."

"네가?"

"기초적인 것은 나도 마스터했으니 문제는 없을 거다."

"알았다. 사인방에게는 내가 말하마."

"그래라. 그 녀석들한테 너무 자책하지 말라고 해라. 어차피 스승님께서 사실 날도 얼마 남지 않았던 상황이니 말이다. 그리고 너도 이제 그만 잊어라."

"쉽지는 않을 것 같다. 우리만 없었다면 스승님께서 돌아가실 일은 없었을 테니 말이다."

"스승님은 너희들을 만나 제자로 거두어들인 것에 만족하셨다. 너희들을 제자로 들이는 것으로 자신의 염원을 모두 이루신 것 때문인지 편하게 눈을 감으셨다. 그러니 이제 그만 죄송해도 된다."

성진이 위로의 말을 건넸지만, 근호의 안색은 여전히 펴질 줄을 몰랐다.

"이제 그만 나가보마."

"그래, 조금 있다가 나갈 테니 준비하고 있어라."

"알았다."

그렇게 근호가 밖을 나간 후 성진은 조심스럽게 동생의 몸을 살폈다.

"맥박이 안정적인 것을 보니 하루 이틀 정도면 깨어날 것 같구나. 이제 그만 나가서 수련을 시키도록 하자."

성진은 천천히 일어나 밖으로 나갔다.

근호가 말은 전한 탓인지 사인방은 굳은 안색으로 암자 앞마당에 서서 성찬을 기다리고 있었다.

"근호에게 들었을 테니 긴말을 하지는 않겠다. 이제부터 수련을 시작할 거다. 본 문의 절기들을 배우게 되면 그곳에 가서 각성을 할 때 본래보다 뛰어날 능력을 얻게 될 테니 전심전력으로 임해주기 바란다. 우선 익혀야 할 것은 심법이다. 본 문의 심법은……."

성진은 삼환명심법을 우선 가르치기 시작했다.

삼환명심법의 삼환(杉環)은 삼나무처럼 의식의 내부에 거대한 기둥을 세우고 가지와 푸르른 잎처럼 의식을 수십 갈래로 나누어 영혼을 올바로 세우는 심법이다.

'모두 잘하고 있구나.'

명상에 든 후, 각자 삼매에 빠진 다섯 사람을 보면서 성진은 스승이 그냥 돌아가신 것이 아님을 알 수 있었다.

익히기가 여간 까다로운 것이 아니었지만 성진과 성찬의 스승인 지명이 심법의 요체를 의식으로 전한 터라 다섯 사람은 잘 따라 하고 있었던 것이다.

'생각보다 성취가 빠르다. 모두가 저 결계 때문이겠지.'

동생이 강화해 놓은 결계로부터 거대한 에너지가 다섯 사람에게 몰려들고 있었다.

반발할 만도 하건만 무리 없이 다섯 사람에게 흡수되고 있는 중이었기에 성진은 주의 깊게 살피기 시작했다.

그렇게 시작된 다섯 사람의 명상은 끝날 줄을 몰랐다.

처음 시작하고 사흘이 넘게 계속해서 가부좌를 튼 채 명상에 잠겨 빠져나올 줄을 몰랐기에 성진이 할 일은 별로 없었다.

결계가 유지되고 있는 터라 특별히 할 일이 없었던 성진으로서는 성찬을 돌보고 다섯 사람이 위험에 빠지지 않는지 살펴보는 것이 전부였다.

'나나, 성찬이도 저렇게 하기는 힘든 일이다. 어쩌면……'

나흘째로 접어들자 성진은 다섯 사람의 상태가 정상이 아니라는 것을 깨달았다.

유형화된 에너지가 몸을 감싸고 있는 것을 보면서 삼환명심법을 대부분 깨우쳤다는 것을 알았기 때문이다.

'으음, 어쩌면……'

공급되는 에너지도 그렇고, 강력하게 결계가 유지되는 것을 보니 어쩌면 성찬이 관여하고 있을 수도 있다는 생각이 들었다.

❖   ❖   ❖

근호 형과 사인방이 삼환명심법을 시작할 무렵, 정신을 차릴 수 있었다.

스승님의 기운이 하나도 느껴지지 않는 것을 보면서 돌아가셨다는 것을 알았지만 유훈으로 전하신 것이기에 다섯에게 집중을 해야 했다.

삼환명심법을 성취해야만 앞으로 일어날 일을 대비할 수 있으니 말이다.

스승님께서는 에너지를 다루셨다.

속성이 완전히 달라도 마치 자신의 것인 양 다룰 수 있던 것은 모두 유물 덕분이다.

이제 유물은 내 것이 되었다.

의지가 완전히 사라진 터라 사용하는 것에는 문제가 없을 것 같다.

스승님께 유물의 의지를 제압하지 않은 상태에서도 그랬는데 완전히 사라진 것이라면 에너지를 다루는 것이 어느 정도일지까지 짐작조차 되지를 않는다.

스승님이 각인을 통해 삼환명심법을 전하신 것 때문인지 다들 순조롭게 삼매에 드는 것을 보면서 각자 속성을 확인했다.

어째서 스승님이 제자로 받아들인 것인지 알 수 있을 것 같다.

각자 오행의 기운을 가지고 있던 것을 보신 게 분명하다.

결계로부터 에너지를 끌어들여 속성을 변화시킨 후 다섯 사람에게 무리가 가지 않도록 주입을 시켰다.

삼환명심법을 통해 각자 찾아가고 있는 의지의 본성을 따라 전해지는 것이기에 다들 잘 흡수하고 있어 다행이 아닐 수 없다.

체술이나 그 밖의 무기술은 모르겠지만 삼환명심법은 명상이 끝나면 대성할 수 있을 것 같다.

명상을 통해 삼환명심법을 대성하는 데 걸린 시간은 정확히 닷새였다.

너무 무리하는 것도 좋지 않을 것 같기에 동조를 통해 돕는 것을 그만두었다.

"후우……."

눈을 떠보니 암자 안이다.

스승님이 돌아가셔서 그런지 송지암이 낯설게 느껴진다.

그동안 나 때문에 노심초사했을 형의 걱정을 덜기 위해 자리를 털고 일어나 밖으로 나섰다.

"성찬아."

"그동안 고생했어, 형."

"크흐흑, 성찬아."

"울지 마, 형. 스승님께서 놀리시겠다."

"크으, 스승님은 돌아가셨다."

"알아, 형. 하지만 내 마음 속에 살아계시기도 해. 그러니 돌아가신 것이 아니야."

"성찬아."

"스승님께서 굳건하게 대비하라 하셨을 텐데, 그렇게 울면 어떻게 해. 이제 그만 울어."

"아, 알았다."

스승님께서 나에게 뭔가 전했다는 것을 느꼈는지, 형은 우는 것을 멈췄다.

"근호 형하고 애들이 조금 있으면 깨어날 거야. 그러니 뭐 먹을 것 좀 준비를 해야 할 것 같아. 닷새 동안 아무것도 먹지 못했으니 미음 같은 걸 먹으면 좋을 것 같은데, 쌀은 있어?"

"있을 거다. 내가 준비하마."

"아니야. 그건 내가 하도록 할게. 마무리를 지어야 하니 말이야."

"역시, 삼환명심법을 운용하는 동안 네가 도운 거냐?"

"맞아. 어느 정도 성취를 높여야 돼서 말이야."

"어쩐지."

"미안해, 형. 마음고생이 심했을 텐데."

"아니다."

"내가 음식을 할 동안 형은 이상한 놈들이 없나 결계 주변을 한번 살펴봐 줘."

"알았다. 네가 깨어났으니 현화 씨에게 연락을 해야 하는데 어떻게 할까?"

"그건 걱정하지 마. 현화에게 연락해서 이리로 와 달라고 했으니 말이야."

"알았다."

형이 결계 밖으로 나간 후 부엌으로 가서 근호 형과 사인방에게 줄 음식을 만들었다.

미음을 쑤면서 스페이스의 도움을 받아 다섯 사람에게 가장 필요한 에너지들을 주입했다.

미음을 다 쑤고 밖으로 나가니 다들 심법을 끝낸 모양이다.

하지만 자신의 변화를 믿을 수 없었던 탓인지, 가부좌도 풀지 않고 바닥에 앉은 채 멍하니 있다가 전부 나에게 시선을 보낸다.

"다 설명해 줄 테니까 일단 미음부터 먹어. 닷새나 심법을 운용해서 허기질 텐데."

꼬르르르륵!

내 말이 시발점이 된 건지 다들 합창을 한다.

"그냥 그대로 있어. 움직이지 말고."

"아, 알았다."

근호 형의 대답을 들은 후에 부엌으로 가서 미음을 가져다가 나누어 주었다.

"다들 천천히 먹으면서 내 말을 들어."

수저를 놀리며 나에게 집중하는 것을 확인한 후 말을 이어나 갔다.

"스승님 덕분에 다들 삼환명심법은 대성을 한 상태지만 다음 단계로 넘어가려면 수련을 아주 빡세게 해야 할 거야. 그리고 수련은 성진이 형이 담당해 줄 거야. 지금 말하지만 우리 삼환 문의 수련은 아주 힘들어. 그렇지만 수련을 끝내면 새로운 경험 을 할 수 있을 거야. 무엇보다 2차 각성을 할 때 본래보다 더 강 한 능력을 얻을 수 있고 말이야. 그러니 힘들더라도 꾹 참고 수 련해 줘. 이게 본 문의 장문으로서 내가 바라는 거야."

"성찬아, 네가 장문이라면 우리에게 말을 놔라."

"하하하, 아직은 아니야. 수련을 끝내야 비로소 본 문의 제자 로 인정을 받을 테니 말이야. 그리고 한 가지 당부할 것은 본 문 에 대한 일은 비밀로 해줘."

"문제라도 있는 거냐?"

"파문당한 자 중에서 S급 유물 능력자가 있어. 수련을 끝낸 뒤에 정식 제자가 되고, 2차 각성을 끝내면 모를까, 그전에 그자에게 알려진다면 위험해질 수도 있으니 말이야."

"그자를 처리하거나 우리가 각성을 해서 위험이 제거되기 전까지는 평소처럼 대하자는 말이구나."

"맞아, 근호 형."

"알았다. 그렇게 하마."

"얼른 식사부터 마쳐. 아주 특별한 걸 넣어서 만든 미음이니까 남길 생각은 하지 말고 싹싹 긁어 먹어요."

"그래."

근호 형과 사인방은 내 말대로 바닥까지 싹싹 긁어서 미음을 먹었다.

각자 속성에 맞는 마정석과 정령석을 정제해 만든 에너지를 주입한 것이라 영약이나 다름없어 수련하는 데 적지 않게 도움이 될 것이다.

그릇을 비우고 난 뒤에 형이 결계 안으로 현화랑 같이 들어오고 있었다.

"괜찮은 거냐?"

"그래, 괜찮다."

"오다가 제수를 장만해 왔는데 어떻게 할 거냐?"

생각을 하고는 있었지만 스승님의 유지를 잇는 것이 먼저였기에 근호 형과 사인방을 돌보느라 뒤로 미뤄두어서 마음이 찜찜했었는데, 현화가 그걸 느낀 모양이다.

스승님께 올릴 제수를 준비해 오다니 현화가 나나 성진이 형 보다는 나은 것 같다.

"당연히 제를 지내야지."

현화가 제수를 준비해 온 덕분에 송지암이 부산해지기 시작했다.

근호 형과 사인방은 암자 안을 비롯해 마당까지 쓸고 닦았고, 나와 현화, 성진이 형은 제수를 손질해 제를 지낼 준비를 했다.

우리를 위해 산화하신 스승님의 명복을 빌 시간이었다.

평소 소탈하신 터라 제사를 지내는 것은 그리 특별하지 않았다.

스승님께서 드실 제수를 차리고, 절을 하는 것으로 끝나는 제사였지만, 소박한 것과는 달리 각자의 마음은 무척이나 무거운 것이어서인지 분위기는 아주 엄중했다.

스승님의 제사를 지낸 후부터 무척이나 바쁜 나날을 보냈다.

현화와 내가 암자 근처에 비밀 장소를 만들고 결계를 친 후에 비공정과 물품들을 옮겨오는 동안 성진이 형은 아주 빡세게 다섯 사람을 가르쳤다.

이미 삼환명심법을 완성한 이후라서 그런지, 본 문의 체술과 무기술을 연마하는 수련은 아주 빠르게 진행되었다.

각오가 남다른 탓인지 힘들어하면서 수련을 통해 근호 형과 사인방은 아주 빠르게 실력을 높일 수 있었다.

수련의 날이 지속됐고, 다들 필사적으로 수련을 했다.

스승님의 죽음이 자신들 때문이라는 자책감 때문에 그러는 것을 알면서도 애써 위로하지 않았다.

다섯 사람에게 성장할 수 있는 계기가 됐을 뿐만 아니라 스스로 벗어나야 한다고 생각했기 때문이다.

마음의 공부를 우선시하는 본 문의 성향상 마음에 짐을 남긴다면 사명을 수행하는데 지장을 줄 것이기 때문이었다.

형과 나는 다섯 사람의 수련을 도우면서 그동안 익혀온 것들을 다시 한 번 익히며, 보다 높은 경지로 나아갈 수 있도록 노력을 아끼지 않았다.

노력이 배신을 하지 않는지, 방학이 끝날 때쯤에는 형과 내가 센터에 들어가기 전에 가졌던 실력만큼이나 성취를 이룰 수 있었다.

전투 슈트를 착용한다면 타클라마칸에 작전을 수행할 무렵의 알파 팀원 정도의 실력을 발휘할 수 있게 된 것이다.

정말이지 만족스러운 성과가 아닐 수 없었다.

전투 슈트를 입고 자신들이 익힌 것을 펼쳐내게 된다면 본인들도 무척이나 놀라게 될 것이다.

근호 형과 사인방도 놀랍도록 성장했지만, 형도 전과는 완전히 다른 성취를 이룰 수 있었다.

전투 슈트를 착용하지 않아도 센터에서 임무를 수행할 때 정도의 능력을 발휘할 수 있게 된 것이다.

　스페이스의 도움으로 주입한 에너지를 완전히 자기 것으로 만들고 통제하에 사용할 수 있게 된 덕분이다.

　아직 2차 각성을 하지 않았지만, A급 진성 능력자에 버금가는 능력을 발휘할 수 있게 된 형은 수련의 고삐를 늦추지 않고 있다.

　얼마나 더 성장할지 사뭇 기대가 된다.

제 2 장

방학이 일주일 남은 오늘 아침도 정해진 수련을 마친 후에 내 지시에 모두들 암자 안에 모여 있는 중이다.

　암자를 떠나기 전에 치러야 할 의식이 있어서였다.

　본래는 훨씬 뒤에나 입문식을 치를 예정이었지만, 다들 본 문의 제자로서 부끄럽지 않은 수준을 갖추었기에 암자를 떠나기 전에 입문식을 할 생각이다.

　"이제 일주일 후면 개학이니 수련을 끝내고 서울로 돌아갈 생각인데, 다들 어때?"

　"수련을 더 못하는 것이 아쉽기는 하지만 개학에 맞춰 준비를 해야 하니 어쩔 수 없지."

근호 형이 고개를 끄덕였다.

"누차 말했지만 여기서 수련을 했다는 것은 비밀로 해야 할 거야. 죽음의 위기에 놓이지 않는 2차 각성 전까지는 본 문의 절기들을 사람들 앞에 내보여서도 안 되고 말이야."

"그 이야기는 귀에 딱지가 앉을 정도 들었으니 이제 그만 이야기해도 될 거다."

성진이 형이 잔소리는 그만하라며 옆에서 한 소리했다.

"그런데 오늘은 어째서 모인 거냐?"

"입문식을 할 생각이야."

"그건 나중에 한다고 하지 않았냐?"

"이제 어느 정도 본 문의 제자로서 준비가 된 것 같아서 해도 될 것 같아."

"근호나 저 아이들의 성취가 생각보다 빨리 높아진 모양이구나. 그렇다면 지금 입문식을 치러도 좋겠지."

"형도 찬성하는 거지?"

"장문으로서 결정을 했으면 따르도록 하마."

형이 고개를 끄덕였다.

"좋아. 들었다시피 이제 어느 정도 수련을 끝낸 것 같으니 본 문의 정식 제자로 들어오는 입문식을 하겠다."

이제부터는 삼환문의 장문으로서의 역할을 해야 하기에 말을 놓았다.

"명을 받듭니다, 장문!"

근호 형을 비롯해 사인방이 일제히 대답을 했다.

2차 각성 이후에나 정식 제자로 들일 수 있을 것 같다고 했었다. 하지만 수련의 성과가 예상보다 뛰어나서 오늘 입문식을 치른다고 하니 모두들 기쁜 모양이다.

"호법은 의식을 시작해라."

"예, 장문."

미리 이야기를 해둔 터라 현화가 자리에서 일어나 밖으로 나간 후에 내가 준비해 놓은 것을 가지고 왔다.

'현화에게 호법을 맡기기를 잘했다.'

근호 형과 사인방이 수련하기 시작하고, 얼마 지나지 않아 현화도 수련을 시작했는데, 본 문에 들어오기를 원했다.

어차피 이제는 뗄 수 없는 관계라 삼환명심법을 전수했는데 S급 진성 능력자답게 도와주지 않아도 곧바로 성취를 보였다.

체술과 무기술마저 다섯 사람을 능가할 정도로 익혔기에 본문의 호법으로 삼았다. 현화는 생각보다 훨씬 제 역할을 잘하고 있는 중이다.

현화가 가져온 상자 안에는 그동안 내가 스페이스와 함께 준비해 놓은 것이 들어 있다.

바로 아버지의 창고 지하에서 얻은 전투 슈트가 들어 있는 팔찌 형태의 아공간 아이템이었다.

"각자 나누어 주는 팔찌들을 착용해라. 본 문의 문도임을 상징하는 징표이자 내가 주는 선물이다."

팔찌를 착용하는 것은 다섯 사람뿐만이 아니다.

현화와 성진이 형도 모두 착용을 해야 한다.

"본 문의 제자들은 팔찌를 차고 삼환명심법을 운용해라."

내 명에 다들 가부좌를 틀고 삼환명심법을 운용하기 시작했다.

'다들 본격적인 단계에 접어들었구나.'

삼환명심법은 의지를 세우는 심법이다.

심법을 운용하는 모습을 보면 상당한 경지에 이르렀다는 것을 알 수 있었다.

극성으로 깨우친 후 삼환제령인을 익히면 의지를 분할해 사용할 수 있지만, 아직은 다들 그런 단계는 아니다. 그렇지만 만족할 만한 성취다.

이 정도면 의지를 올바로 세울 수 있을 것이고, 삼환명심법의 에너지 흐름에 맞추어 변형시킨 아이템을 흡수할 수 있을 것이다.

'순조롭게 시작이 됐구나.'

가부좌를 틀고 심법이 본격적으로 운용이 되자 손목에 차고 있던 한 쌍의 팔찌들이 몸속으로 스며든다.

'2차 각성을 끝내면 에고를 만들 수 있을 것이다.'

삼환명심법을 넘어 삼환제령인을 익힌 후 또 다른 의지를 세울 수 있다면 전투 슈트로 여분의 힘을 얻을 수 있다. 새롭게 세운 의지를 이용해 슈트에 장착된 에고 시스템을 활성화시킬 수 있는 것이다.

지금은 주인과 하나가 되는 것뿐이지만, 내가 가지고 있는 전투 슈트를 참고해 변형시킨 것이라서 지금까지 나온 그 어떤 슈트보다 강력한 방어력을 자랑하니 그것만으로도 상당한 도움이 될 것이다.

그렇게 각인 작업은 아주 빠르게 끝났다.

심법 운용이 끝나자 다른 의문이 섞인 눈으로 나를 바라보았다.

"제자들에게 준 것은 전투 슈트다. 지금까지 나온 전투 슈트들과는 차원이 다른 것이다. 아직 완벽하게 사용할 수 없겠지만 지금 상태만으로도 최고라고 할 수 있는 아이템이다. 2차 각성후에 에고를 활성화시키면 진짜 성능을 알 수 있을 것이다. 그럼 지금부터 입문 의식을 치르겠다. 모두 자리에서 일어나라."

다른 경건한 표정으로 가부좌를 풀고 자리에서 일어났다.

"먼저 하늘에 본 문의 일원이 되었음을 고한다. 일 배!!"

의지가 실린 내 말에 다들 절을 한다.

"다음은 땅에 고한다. 일 배!!"

내 말에 다시 절이 이어졌다.

"마지막으로 본 문의 조상들에게 고한다. 일 배!"

다들 경건히 암자에 모셔진 위패를 향해 절을 했다.

— 이제부터 너희들은 본 문의 정식 제자가 되었다. 천지의 이치를 지키고 만물의 생장을 도와야 하는 본 문의 원칙을 잊지 말도록 하라.

마지막은 내 의지를 실은 언령으로 마무리를 했다.

그동안 언령으로 본 문이 생겨난 이유와 앞으로 해야 할 일을 각인시켰으니 사숙과 같은 자가 나오는 일은 없을 것이다.

"명심하겠습니다!"

한목소리로 대답하는 것을 들으며 기분이 한결 좋아졌다.

이제는 뭔가 할 수 있는 기반이 만들어졌으니 말이다.

"이제 끝!"

"장문이나 되는 놈이 말이 그게 뭐냐?"

평소와 같은 말투에 형이 핀잔을 준다.

"형은! 의식 때만 그렇게 하면 되지, 평상시에는 그냥 평소처럼 지내자고."

장문이라고는 하지만 그걸 내세울 생각은 없다.

아직은 나도 2차 각성 전이니 말이다.

주의에 보는 눈도 있으니 능력을 각성하기 위한 자들에게 성지라고 알려진 샴발라에 가기 전까지는 숨기는 것이 좋기도 하고 말이다.

"알았다. 이제 다들 서울로 떠나는 거냐?"

"감시하고 있는 눈길이 사라지기는 했지만 혹시라도 모르니 밤에 비공정으로 가려고 해."

"알았다. 저녁 먹고 나서 날이 어두워지면 떠나는 것으로 하자."

"알았어, 형."

"음식은 내가 만들도록 하마."

"우리야 좋지."

식재료는 현화가 준비를 해왔기에 요리는 근호 형이 하기로 했다.

그동안 수련 때문에 제일 한가한 내가 했지만, 오늘은 근호 형이 하는 것이 아무래도 좋았다.

음식에 버프와 비슷한 힘을 실을 수 있으니 도움이 될 터였다.

요리사답게 음식 준비에는 얼마 걸리지 않았다.

비공정을 숨겨 놓을 비밀 장소를 만들면서 부엌도 손을 봤기에 음식을 만드는 데는 문제가 없었다.

혀를 황홀하게 만드는 근호 형의 요리를 먹은 후에 대화를 나누다가 자정이 가까워질 무렵에 비공정을 타고 창고로 갔다.

형이 수련을 시키는 동안 몇 번 다녀가며 결계와 함께 비공정을 수납시킬 공간을 만들어둔 터라 아무도 모르게 착륙을 할 수 있었다.

"사인방은 계속해서 직장을 다니면서 기술을 익히도록 해. 아무래도 아주 유망한 분야니 말이야."

"알았어요, 성찬이 형."

병찬이를 비롯해 사인방은 배터리의 일종인 에너지 팩을 만드는 중소기업에 다니는 중이다.

벤처기업으로 출발해 승승장구 중인 유망한 중소기업인데, 전도가 아주 유망할뿐더러 에너지 팩 제작 방식이 나중에 유용할 것 같아 계속 다니도록 했다.

"근호 형은 계속 아버님 일을 도우면서 실력을 더 높이고."

"알았다. 나중에 도움이 된다니 열심히 하마."

"자, 오늘은 이곳에서 자고 내일 일찍 각자의 쉼터로 가는 것으로 하자."

"나는 곧바로 갈게."

"그래, 현화야. 잘 부탁할게."

"내가 부탁을 해야지. 말한 대로 준비를 해둘 테니까, 필요하면 언제든지 연락을 해."

"알았어."

현화가 곧바로 창고를 떠났다.

해결사들을 좀 더 모아 세력을 구축하기 위해서다.

현화가 떠난 뒤, 잠자리를 마련하고 다들 자리에 누웠다.

앞으로 펼쳐질 미래 때문인지 다들 잠을 이루지 못하다가 새벽이 되어서야 간신히 잘 수 있었다.

"김상겸에 대한 정보는 아직 파악되지 않고 있는 것인가?"

"그렇습니다."

국가정보원장인 강상진은 국내 파트를 맡고 있는 박인준 차장의 말에 인상을 구겼다.

야당의 원내총무가 사라진 지 한 달이 넘어가는데도 불구하고 아무런 확인도 되지 않고 있기 때문이었다.

"골치 아프군. 제5열이 분명한데도 역풍이 불고 있으니 말이야."

김상겸이 국가정책에 반하여 중국에 정보를 제공하고 있는 것과 동시에 미확인 게이트를 여는데 동조했다는 것은 파악이 됐지만 섣불리 밝힐 수 없는 상황이었다.

가뜩이나 김상겸의 실종이 정부의 음모일지도 모른다는 괴소문이 돌고 있는 마당이었기 때문이다.

"김상겸과 연관된 자들을 찾아내려면 어쩔 수 없는 일이니, 좀 더 감수해야겠지요."

"그나저나 중국 쪽은 어때?"

강상진은 차분하게 옆에서 듣고 있던 고용석에게 물었다.

고용석은 국내 파트 중에 각성자를 담당하고 있는 제2국 차장이었다.

"김성수 차장 말로는 국내를 대상으로 하는 작업이 중단된 것 같습니다."

"4차장이?"

"김상겸이 실종된 후에 국내로 잠입한 자들 대부분이 빠져나갔다고 합니다."

"좋은 기회를 놓쳤군. 역시 눈치가 빨라."

"문제는 각성자들 중에 기존에 척결되지 못한 자들이 남아있다는 겁니다. 김상겸과 같은 경우라면 심각한 일이 될 수도 있습니다."

"하긴 검사에서도 걸리지 않았다면 문제가 커질 가능성이 다분히 높지. 그래, 어떻게 할 생각인가?"

"김상겸의 실종 상태로 인해서 다 잠수한 것 같으니 기회를 기다려야 할 것 같습니다."

"만반의 준비를 하도록 해. 수면으로 떠오르는 순간 전부 처리할 생각이니 말이야."

"대통령께서 하신 말씀입니까?"

"맞아. 세상이 변하고 난 뒤에도 척결되지 않은 놈들이라 만만치 않은 자들이니 최선을 다해 지원해 주신다고 했다. 그러니

다음 기회에 전부 처단하는 것으로 가닥을 잡아야 할 거야."

"알겠습니다. 그렇게 준비를 하도록 하겠습니다."

"그나저나 해결사들 세계에 뭔가 변화가 일고 있는 중이라고 들었는데, 어떻게 됐나?"

"자매가 새로운 해결사 팀을 구성하고 활동 중인데, 생각보다 성과가 좋습니다. 몇 번 의뢰를 넣어봤는데, 일처리도 상당히 깔끔하더군요."

"그래?"

"B급 이하의 미확인 게이트는 앞으로도 의뢰를 계속 줘도 괜찮을 것 같습니다."

"그럼 한시름 덜겠군."

"아무래도 센터가 해체되는 바람에 어려운 점이 있었는데, 걱정을 덜 수 있을 것 같습니다."

"예언된 시기가 머지않았으니 그쪽도 신경을 써야 할 거다. 정 어려우면 7차장에게 도움을 요청하고 말이야."

"그렇지 않아도 도움을 주고 있습니다."

"협력이 잘되고 있다니 다행이로군."

제2차장인 고용석의 말에 강상진이 고개를 끄덕였다.

"그리고 보고드릴 것이 한 가지 더 있습니다."

"뭔가?"

"차원정보학과에 대한 것입니다."

"수를 더 늘려야 하는 건가?"

"현재 상태로 봐서는 내년부터 더 늘리는 것이 좋을 것 같습니다. 재학생들의 성취도 결과를 살펴보면 진성 각성자로 각성할 확률이 아주 높으니 말입니다."

"알았네. 그 문제는 대통령과 상의해 보지."

"알겠습니다, 원장님."

"미국도 그렇고, 러시아도 우리를 주시하고 있는 상황이고, 우리가 개발한 커리큘럼을 모방하려고 할 수도 있으니 다른 차장들과 상의를 해서 커리큘럼이 유출되지 않도록 관리를 잘하게."

"염려하지 마십시오. 교수진들은 전부 전임 요원들로 구성이 되어 있고, 커리큘럼은 문서로 남지 않도록 했으니 말입니다."

"교수진들이야 걱정을 하지 않지만, 학생들 때문에 그러는 것이니 주의하도록 하게."

능력자들이 출현한 이후부터 미래의 일에 대해 섣부른 장담은 금물이기에 강상진이 주의를 주었다.

"신경을 쓰도록 하겠습니다."

"이제 그만 나가보게. 기자회견을 할 시간이 다 되어 가니 말이야."

"그럼."

"이만 나가보도록 하겠습니다."

박인준과 고용석이 인사를 하고 밖으로 나가는 모습을 지켜보며 강상진은 전화기를 집어 들었다.

— 무슨 일이냐?

수화기 너머로 익숙한 목소리가 들려왔다.

"언제 움직일 생각이냐?"

— 당분간 잠수할 거라고 내가 전에 이야기하지 않았나?

"이야기야 들었지. 하지만 요사이 미확인 게이트의 발생이 지속적으로 증가하고 있어서 말이야."

— 그건 잘 해결되고 있을 텐데?

"B급 이하야 해결사를 통해 해결한다고는 하지만 A급 이상은 어려워서 말이야. 지금 이럴 상황이 아닌데 언제까지 움직이지 않을 생각인 거냐?"

— 김상겸이 사라진 상태라 이제 움직여도 되겠지만 아직은 곤란하다. 그러지 말고 A급 이상 미확인 게이트들도 해결사들에게 맡겨보지그래.

"해결사들에게?"

— 요즘 활동하고 있는 자들이 대부분 A급 능력자들이 내가 전에 주었던 것을 익히게만 하면 충분히 감당할 수 있을 거다.

"그 마법진 말이냐?"

— 그래.

"하지만 그건……."

─ 너무 욕심 부리지 마라. 어차피 그들에게 전해져야 하는 것이니까 말이다.

마법 재료를 활용해 마법진을 그리는 것이 아니라 자신의 의지로 마법진을 삼차원으로 캐스팅할 수 있는 것이다.

마법적 각성을 한 자들도 그렇지만 능력자들에게는 그야말로 획기적으로 능력을 향상시킬 수 있는 방법이라 조금 꺼려지기는 하지만 어차피 각성자들에게 전파시킬 것을 전제로 받은 것이라 할 말이 없었다.

"알았다. 그렇게 하도록 하지."

─ 잘 생각했다. 머지않아 요원들에게는 새로운 것들이 전해질 테니 너무 아쉬워 마라.

"정말이냐?"

가지고 있는 능력을 향상시킬 수 있기에 다른 차원의 지식을 얻는 것은 능력자들에게 매우 중요한 일이다.

그동안 파악해 온 것들은 다른 국가에도 알려진 것이지만 친구가 알려주는 것은 차원이 다른 것이기에 묻지 않을 수 없었다.

연락이 될 때마다 부탁을 했지만 들어주지 않았기 때문이다.

─ 속고만 살았냐? 유물 능력자들에게 전수하면 국정원에서도 어느 정도 여유가 생길 테니 숨어든 자들을 찾는 데 전력을 다해라. 지금은 그것이 급선무이니까 말이다.

"알았다."

― 고생해라. 조만간 볼 수 있을 거다.

"그래. 될 수 있으면 빨리 봤으면 좋겠다."

― 후후후, 그러지.

전화가 끊어진 것을 확인하며 강상진은 전화기를 내려놓았다.

친구이기는 하지만 국정원과는 별개로 미확인 게이트에 관해 전담하고 있는 센터장과의 대화는 언제나 힘든 일이 아닐 수 없었다.

"그나저나 놈들의 본색을 드러내기 위해 미끼로 나섰는데도 별 타격을 없는 것 같아 다행이다. 성지를 확인하는 것만 끝나면 조만간 볼 수 있겠지."

국정원에서 차원 게이트를 담당하고 있는 제7국보다 비밀이 많은 센터다.

준비가 될 때까지 미확인 게이트를 막으며 알려지지 않은 차원의 에너지 유입을 막아온 센터의 전력은 국정원으로서도 파악이 되지 않는 것이었다.

중국과 러시아, 그리고 국내의 제5열 때문에 미끼로 내놓은 터라 괴멸에 가까운 타격을 입었기에 걱정을 했지만, 말하는 것으로 봐서는 예정대로 계획을 진행시키고 있는 것 같아 강상진은 안심이 되었다.

"그나저나 뭘 전해줄지 궁금하군. 이야기하는 것으로 봐서는 전력이 획기적으로 증가할 것 같은데 말이야. 일단 궁금한 것은 접어두고 확인이 된 자들부터 전해야겠군."

강상진은 센터장의 말대로 미확인 게이트의 봉인에 동원된 유물 능력자들을 대상으로 마법진의 새로운 캐스팅 방법을 전수하라는 지시를 전하기 위해 전화기를 집어 들었다.

◈　　　◈　　　◈

김상겸이 빨려 들어간 블랙홀은 내 의지가 합쳐지며 만들어 낸 것이다.

그자가 빨려 들어간 후 상당한 정보를 얻을 수 있었다.

대변혁 이후, 본성이 변하지 않은 자들이 있다는 것과 그들이 정부의 정책에 반기를 들고 이전의 세상으로 되돌리려는 계획, 그리고 중국이나 러시아와 연계한 것까지 중국에서 그토록 얻고자 한 정보들이었다.

내 의지가 만들어낸 블랙홀에서 김상겸의 의식이 해체되며 흡수한 덕분인 것 같다.

근원을 살펴보면 모든 물질은 에너지를 기반으로 만들어졌다고 할 수 있다.

거대한 에너지가 필요하기는 하지만 무형의 존재가 의지를 통해 유형화된 것이라고 할 수 있다.

인간의 신체도 마찬가지다.

거대한 의지를 통해 막대한 에너지가 동원되어 만들어진 것이나 다름없는 것이다.

통합된 의지가 만들어낸 블랙홀은 본성이 가지는 의지를 분해할 수 있는 힘을 가지고 있었다. 김상겸의 의식과 의지가 붙들고 있는 신체가 곧바로 해체되고, 그자의 의지는 곧바로 내 의지에 흡수가 되며 정보를 알게 된 것이다.

앞으로 해야 할 일은 김상겸의 실종으로 숨어든 자들을 찾아내 처리하는 것이다.

우리만으로는 불가능할 수도 있어서 국정원에 정보를 제공할 생각이다.

국정원의 요원들이라면 아주 빠르게 제거할 수 있을 테니 말이다.

하지만 문제가 있다.

김상겸이 제5열에 속하는 자들을 전부 알고 있는 것이 아니라는 것이다.

더군다나 중국이나 러시아에서 국내로 잠입시킨 자들을 모두 알고 있는 것이 아니었기에 상황을 정리하기까지 오래 걸릴 수도 있는 일이었다.

'단서는 있으니 현화가 잘해준다면 정보가 파악이 되지 않는

자들도 상당 부분 제거할 수 있을 것이다. 놈들이 원하는 것은 미확인 게이트를 여는 것이니 말이다.'

제5열에 속한 자들은 1차 각성에 따라 본성이 개화하며 많은 제약을 받고 있다.

능력을 얻을 지라도 의지와 본성이 괴리를 보여 제대로 활용할 수 없는데 그것을 해결할 수 있는 것이 미확인 게이트에서 발산 되는 다른 차원의 위상 에너지다.

대변혁 이후에 세상의 기반이 되는 에너지의 흐름과 인과율에 벗어나 자신의 의지를 가지고 능력을 발휘할 수 있게 되니 눈에 불을 켜고 미확인 게이트를 열려고 할 테니 잡을 기회는 충분히 얻을 수 있을 것이다.

탁!

"성찬아, 뭘 그리 골똘히 생각하는 거냐?"

학교에 가기 전에 저녁도 먹고, 그동안의 일도 파악할 겸 자매식당으로 가는 중이다. 김상겸에게서 얻은 정보에 대해 너무 집중한 탓인지, 형이 어깨를 두드리며 묻는다.

"미확인 게이트에 관해서 생각을 좀 했어."

"김상겸 때문이냐?"

"다른 차원의 위상 에너지를 전부 융합하지 못했는데도 그 정도의 힘을 발휘할 정도면 다른 자들을 어떨지 걱정이 된다, 형."

"사실 나도 걱정이기는 하다. S급 진성 능력자를 능가하는 힘이었으니 말이다. 어떻게 할 생각이냐?"

"사실 그자를 제거하면서 몇 가지 정보를 얻을 수 있었어."

"정말 그자에게서 정보를 얻은 거냐?"

"의식을 다시 통합하면서 만들어진 힘으로 그자의 의식 일부를 읽을 수 있었어. 정보 중에는 제5열에 대한 것도 있었어."

"스승님의 유물로 인해 의식을 통제할 수 있게 되면서 정보를 얻은 모양이구나. 그런데 어떤 놈들이냐?"

"팀원들이 그동안 파악한 자들하고 어느 정도 매칭이 되기도 하지만 의외의 자들도 아주 많아."

"도대체 몇이나 되는 거냐?"

"지금까지 파악한 대로라면 모두 서른한 명이야."

"많기도 하다. 모두 처리를 해야 할 텐데, 어떻게 할 생각이냐? 김상겸을 볼 때 다들 만만치 않을 텐데 말이다."

"아직은 그자만 한 능력자는 없는 것 같아. 그래서 내가 얻은 정보들을 국정원에 넘기려고 해."

"국정원에?"

"팀원들이 위험할 수도 있어서 그래."

"그렇기는 하겠다. 내가 보기에도 그게 최선인 것 같다. 우리와는 달리 국정원에는 능력자 담당 부서가 따로 있으니 말이다."

"찾아낸 자들은 그렇게 처리한다고 해도 문제가 없는 거는 아니야."

"다른 문제가 또 있는 거냐?"

"김상겸과 연결된 자들 말고도 다른 자들이 더 있는 것 같아."

"다른 자들이?"

"김상겸도 정확한 정체를 모르는 것 같지만 미확인 게이트를 열려고 하는 자들이 또 있는 것이 분명해."

"골치 아프구나. 그럼 센터는 어떻게 할 생각이냐? 국정원에 네가 찾아낸 자들을 넘기려는 것을 보니 이상이 있는 것 같은데 말이다."

역시 형은 감각이 있다.

"아침부터 계속 센터에 연락해 봤는데 전화가 되지를 않아. 팀원들에게 연락을 해봐도 지난 열흘 동안 움직임을 전혀 발견할 수 없다고도 하고 말이야."

"완전히 잠수를 탄 모양이다."

"그런 것 같아."

"어떻게 할 생각이냐?"

"지금으로서는 미확인 게이트를 열려고 하는 자들이 있을 때마다 처리를 하는 수밖에는 없는 것 같아."

"하긴, 그 수밖에는 없겠다. 미확인 게이트에 대해서는 국정원이 우리보다 더 잘 알고 있을 테고, 그런 내용을 알려줄 수는 없는 일이니, 네 말대로 우리가 해결을 해야 할 것 같다."

"일단 두 분을 만나보자. 김상겸이 사라진 이상 국정원에도 변화가 있을 테니 말이야."

"그러자."

형이 속도를 높였다.

어떻게든지 변화가 있을 것이라는 생각에서였다.

자매식당에 들르자 두 분이 우리를 반갑게 맞아주셨다.

"방학은 잘 보낸 거니?"

"예, 잘 보냈어요. 수련도 좀 하고요."

"실력은 좀 늘은 거니?"

"어느 정도는요."

"잘됐다. 그렇지 않아도 국정원과 계약을 갱신했는데."

"계약을 갱신해요?"

"그래. 이제는 A급 이상 미확인 게이트에 대해서도 의뢰를 준다고 하더라."

"우리로서는 힘들 텐데요?"

"A급 의뢰를 주는 대신 능력을 향상시킬 방법을 제공했다."

"능력을 향상시켜요?"

"그래. 미확인 게이트를 닫을 수 있는 공간 마법진을 캐스팅할 수 있는 방법을 제공했다. 그것도 의지만으로 구현될 수 있는 것으로 말이다."

"무슨 말씀이신지 모르겠네요. 그런 마법진은 특급 비밀로 다루어질 텐데 말이죠."

"그동안 A급 미확인 게이트는 국정원이 처리해 왔고, 마법진을 제공하는 것을 볼 때, 뭔가 바쁜 일이 생겨서 그런 것 같다. 그런 인센티브를 제공할 정도면 말이다. 너희는 어떻게 할래?"

"그야 당연히 해야죠. 그런 능력을 진짜 얻을 수 있다면 말이죠."

"자, 여기."

인숙 이모가 작은 포켓북 두 권을 내민다.

"인식 마법이 걸려 있는 것이라서 펼치는 순간 곧바로 각인이 된다고 하니 한번 펼쳐 봐라."

"으음."

인식 마법이라면 마도학에서도 중간 단계에 속하는 것인데, 이리 쉽게 접하다니 놀라운 일이다.

포켓북을 펼치니 공간 마법진을 펼치는 방법이 곧바로 인식이 된다.

— 마스터, 대단한 방법입니다.

— 뭐가 그리 대단한데?

— 차원의 연계 점을 다룰 수 있다는 것도 놀랍지만, 의지로 마력을 다루는 방법이 언령과 아주 비슷합니다.

— 그래?

진짜에는 미치지 못하지만 언령에 가까운 것이라니 정말 놀랍다.

"성진이도 펼쳐 봐라."

옆에 있던 인화 이모가 형을 재촉한다.

"알았어요."

형도 포켓북을 펼쳐 캐스팅하는 방법을 인식했다.

"어떠니?"

인숙 이모가 나에게 물었다.

"숙달을 시켜야 되지만 이 정도라면 A급 미확인 게이트는 쉽게 닫을 수 있을 것 같아요."

"그럼 계속 의뢰는 받는 거니?"

"학교 시간만 아니라면 의뢰를 받도록 할게요."

"잘 생각했다. 아참! 너희들 이제 학교에 가야지. 밥 차려줄 테니까 먹고 가라."

"고마워요, 이모."

"고맙긴."

두 분은 식탁에서 일어나 주방으로 갔다.

개학이라서 그런지 식당에서 메뉴로 나오는 것과는 조금 다른 음식들이 날라져 왔고, 우리 두 사람은 정신없이 밥을 먹은 후에 학교에 갈 수 있었다.

학교에 도착해 근호 형과 사인방을 만나 몇 가지 이야기를 나눈 후에 수업에 집중했다.

오늘은 지구 대차원과 연결된 다른 세상에 대한 것을 공부하는 시간들이 대부분이었지만, 흥미롭게 강의를 들을 수 있었다.

강의가 모두 끝나고 형은 곧장 집으로 돌아가 지하 공간에서 수련을 했고, 나는 국정원에 정보를 넘겨야 했기에 남산으로 갔다.

남산 타워에서 발산되는 전파 중에 국정원의 연락망을 확인하고 중국에서처럼 코드를 실어 정보를 보냈다.

나라를 좀 먹는 존재들에 대해서는 철두철미할 정도로 처리를 하는 터라 김상겸으로부터 알아낸 자들은 머지않아 처리될 것이 분명했다.

정보를 보낸 후 곧바로 집으로 돌아와 지하로 내려가 수련을 시작했다.

포켓북을 통해 인식한 공간 마법을 캐스팅하는 것을 연습하기 위해서였다.

의지로 캐스팅하는 것은 스페이스로부터 마도학을 배우는 과정 중에 수도 없이 배운 터라 불과 한 시간이 지나기도 전에 의지만으로 공간 마법진을 설치하는 것을 익힐 수 있었다.

내가 익히는 속도에 형은 무척이나 놀라웠다.

형은 자신의 마력으로 공간을 점유하는 방법을 깨닫지 못하고 있기 때문이었다.

어느 정도 이해를 하고 완전하게 익히는 것은 명상을 통해서 수련하기로 했다.

나는 진도가 안 나가는 형에게 몇 가지 조언을 했고, 형도 나와 같이 명상에 들었다.

의지만으로 심상을 구현하고, 심상에 따라 마력이라고 부르는 에너지를 허공에 고정시키는 것은 꽤나 어려웠다. 하지만 날이 밝기 전에 어느 정도 감을 잡아 어느 정도 익힐 수 있었다.

형도 명상이 끝났을 때는 어느 정도 펼치는 방법을 익힐 수 있었다.

현실에서는 조금 다르겠지만 시간이 흐르면 형도 어느 정도 펼칠 수 있을 것 같았다.

학교를 다니는 가운데 시간을 할애하며 수련을 한 결과, 공간 마법진을 완전히 익힐 수 있었다.

불과 한 달이라는 빠른 시간 안에 현실에서도 완벽하게 펼칠 수 있게 된 것이다.

성진이 형도 처음에는 진도가 나가지 않았지만, 내가 전해준 마법의 요체와 에너지 흐름을 이해하더니 두 달이 채 되지 않아 완벽하게 익힐 수 있었다.

두 분 이모님이 배려를 해주어서 그런지, 공간 마법진을 익히는 동안 의뢰는 없었다.

그렇지만 우리가 공간 마법진을 캐스팅하는 법을 익히는 시간 동안 많은 변화가 있었다.

유력한 정치인과 기업가, 그리고 유물 능력자들이 죽는 사건이 일어나고 있었다.

알려지지 않은 자들은 그렇지 않았지만, 몇몇의 죽음은 뉴스에 나오기도 했다. 죽은 자들은 모두 내가 국정원에 제공한 정보에 들어 있는 자들이었다.

의문사라고 전혀 알려지지 않았으니 역시나 국정원은 일처리가 깔끔했다.

"형, 오늘은 가봐야겠지?"

"그러자. 이 정도면 게이트를 닫는 데는 문제가 없을 테니 의뢰를 받아야 할 것 같다. 오늘은 식당으로 가서 밥은 먹고 학교에 가자."

"알았어."

수련을 끝낸 후, 곧바로 학교로 가는 날이 반복이 되었기에 그동안은 근호 형의 식당에서 밥을 먹었다.

하지만 수련을 모두 끝냈으니 집밥을 먹고 싶어졌던 것 같다.

일과처럼 정해진 수련을 마치고 식당으로 가자 주변에 은신한 채 감시하는 자들을 느낄 수 있었다.

― 형, 국정원이겠지?

― 불온한 느낌이 들지 않는 것을 보면 그럴 거다.

― 전에는 감시가 붙지 않았는데 공간 마법진을 캐스팅할 수 있는 방법을 알려준 후부터 감시를 붙인 것을 보면 관심이 많은 모양이야.

― 그렇겠지. 아직 풀리지 않은 방법이니 말이야.

― 일단 들어가자. 우리가 알아차렸다는 것을 눈치채면 곤란하니 말이야.

― 그래.

평상 시 하는 대로 공사장 주차장에 차를 주차시키고 식당 안으로 들어갔다.

우리를 보신 두 분이 미소를 지으며 반갑게 맞아주었다.

우리가 찾아온 것을 보고 공간 마법진을 수월하게 펼칠 수 있게 되었다는 것을 아신 모양이신지, 두 분의 얼굴 표정이 아주 밝아 보였다.

"호호호! 오랜만이구나."

"그러게요."

"이제 다 수련이 다 끝난 거니?"

"예, 이모."

"잘됐다. 지금은 시간이 없으니 학교에 갔다가 다시 와라. 할 이야기가 있다."

"의뢰인가요?"

"그래. 일단 밥부터 먹자."

"예, 작은 이모."

사람들이 많은 터라 의뢰에 대해서 이야기를 할 사정이 안 되었기에 뒤로 미루신 모양이었다.

우리를 자리에 앉히고 두 분은 곧바로 음식을 가져오기 시작했다.

새콤하면서도 시원한 김치와 여러 가지 밑반찬이 놓이고 작은 이모가 먹음직스러운 제육볶음을 만들어 가지고 오셨다. 잡곡이 섞인 잘 지은 밥과 함께 먹으니 정말 꿀맛이 아닐 수 없었다.

그렇게 정성이 가득 들어 있는 저녁 식사를 마치고 식당을 나와 학교로 가서 강의를 들었다.

요즘은 게이트의 에너지 파장에 대한 이해도와 함께 다른 차원에서 적응하는 방법에 대해 주로 배우고 있는데, 아주 흥미로운 강의들이 주를 이루고 있었다.

강의를 끝내고 나니 거의 자정에 가까운 시간이었지만 곧장 식당으로 갔다.

'아직 있군.'

학교에 가기 전에 들렸을 때도 감시가 붙어 있었는데 늦은 시간임에도 떠나지 않고 있는 것을 보면 상시 감시 체제로 두 분을 감시하는 모양이다.

— 형, 감시가 아직 떠나지 않는 것을 보면 국정원에서도 관

심을 가지고 있는 것이 분명한 것 같아.

— 궁금하겠지. 해결사들을 이용해 시간을 얼마나 벌 수 있을지 말이다.

중국이나 러시아 쪽과 손잡고 있는 자들을 발본색원하기 위해서는 요원들이 많이 움직여야 한다.

그동안 발각되지 않은 것을 보면 실력도 상당한 자들이라 정예 요원들이 투입되게 되면 게이트에 대한 처리에 공백이 발생할 수도 있다.

국정원에서 작전을 수행하는 동안 미확인 게이트가 열리는 것을 막아줄 자들이 필요한 만큼 관심을 기울이고 있는 것이 분명할 터였다.

— 어차피 우리는 의뢰받은 일만 하면 되니 굳이 상관을 없을 것 같지만, 조심해야 할지도 몰라.

— 그래, 우리의 능력이 알려져서 도움이 될 것도 없고. 앞으로는 최대한 조심해야겠다.

식당 안으로 들어서자 이모들이 우리를 기다리고 계셨다.

영업이 끝났는지 사람들은 보이지 않았다.

우리들과의 만남 때문인지 인식 차단 장치도 가동을 해놓고 있는 중이다.

'비쌀 텐데도 인식 차단 장치를 설치한 것을 보면 보안을 철저히 하시는구나.'

절대 알려져서는 안 될 비밀스러운 대화가 오가니 그럴 만도 하지만 대당 100억 원을 호가하는 인식 차단 장치까지 하신 것을 보면 두 분의 위치가 새삼스러웠다.

"성진아, 선찬아! 어서들 와라."

"예, 이모."

"자리에 앉아라. 식사들은 했니?"

"저녁은 먹었어요."

"수업 듣느라 배고플 텐데, 뭐 먹고 싶은 거 없어? 해줄 테니 말해봐."

"그럼 라면 좀 끓여 주세요."

"알았다."

"언니, 제가 끓일게요. 의뢰에 대해서 이야기나 해줘."

"그래."

큰 이모가 일어서려 하자 작은 이모가 먼저자리에서 일어나 주방으로 갔다.

"무슨 의뢰예요, 큰 이모?"

"의뢰에 대해 말하기 전에 국정원에서 전수한 공간 마법진을 전부 익힌 것이 확실한 거니?"

"아직 한 번도 시험해 보지는 않았지만 확실히 익히기는 했어요."

"으음, 그렇구나. 쉽지 않을 것이라고 생각했는데, 그걸 진짜로 익히다니……."

큰 이모가 묘한 눈으로 우리 둘을 바라본다.

능력자가 아니면서 마법을 익혀냈다는 것에 흥미를 느끼시는 것 같다.

대변혁 이전부터 전승되어 오는 비전을 익힌 이가 아니면 1차 각성만으로 능력을 발휘하는 이는 없다고 해도 과언이 아니다.

더군다나 우리들은 무문에 가까운 삼환문의 전인들이니 마법을 익혔다는 것이 의아할 수도 있을 것이다.

정확히 말하자면 삼환문은 무문이기도 하지만 그렇지 않기도 하다.

삼환문의 기본심법인 삼환명심법은 삼단전을 고루 키울 수 있는데 하단전보다는 중단전과 상단전을 제일 많이 강화시킨다.

덕분에 무공은 물론이고, 술법도 사용할 수 있는 탓에 마법을 익힐 수 있다.

본 문의 비전에 대해 알려 드릴 수는 없지만, 공간 마법진을 익힌 것이 중요한 것 같아 보이자 왜 그런지 알아보고 싶어졌다.

제 3 장

큰 이모의 눈빛에 서린 것은 걱정이었다.

어째서 우리를 걱정하는 것인지 물어봐야 할 것 같다.

"큰 이모, 우리가 공간 마법진을 익히는 것이 문제가 있는 거예요?"

"아직은 확실히 모르겠다만 아무래도 국정원에서 모종의 목적을 가지고 그걸 해결사들에게 전한 것 같아서 그런다."

"공간 마법진은 미확인 게이트를 해결하라고 전해준 것이 아닌가요?"

"그렇기도 하지만 분명히 다른 목적이 있는 것 같다."

"국정원이 무슨 목적을 가지고 있는지 모르지만 우리에게 상당히 도움이 될 테니 별문제는 없을 것 같은데요?"

공간 마법진은 마법이다.

다른 차원의 특별한 비전을 익혔으니 손해날 일은 없다.

"도움이야 되겠지. 그걸 익혀서 나쁠 것은 없으니 말이다. 하지만 너희들이 목표로 하는 것이 차원통제라서 문제다."

"성지로 가는 것에 문제가 생길까 봐 지금도 조심해서 움직이고 있어요."

"아니, 지금보다 더 조심해야 한다. 국정원에서는 너희들에 대해서 확실히 알고 있지 못하니 말이다."

"그게 무슨 말씀이세요?"

국정원이 주는 의뢰를 수행하고 있는데, 우리에 대해 모르고 있다니 이상한 일이었다.

"지금까지 너희들이 해결한 의뢰들을 우리가 정보를 조작해 놓은 탓에 국정원에서는 다른 해결사들이 한 것으로 알고 있다."

"다른 해결사들이 해결한 것으로 알려졌다고요?"

"그래. 너희들이 맡은 의뢰는 주로 유물을 찾는 것이지만 혹시나 해서 신상 정보를 철저하게 감춰왔다. 국정원에서는 너희들을 우리와 해결사들의 연결하는 연락책 정도로만 알고 있는 중이다."

"으음, 그렇군요."

스승님과의 인연으로 아버지와 큰아버지의 일을 봐주신 분들이다.

우리에게 호감을 가지고 있다는 것을 알고는 있지만 마치 알을 품은 새처럼 우리를 보호하시려는 것 같아 기분이 묘하다.

우리의 정체를 감추려는 것에는 이유가 있을 것이기에 묻지 않고 큰 이모의 다음 말을 기다렸다.

스승님의 부탁으로 아버지와 큰아버지의 재산을 관리해 온 두 분이 우리를 보호하려는 기색이 역력했기 때문이다.

큰 이모는 우리 둘은 따뜻한 눈빛으로 한 번 바라보시더니 이어서 말을 해주셨다.

"내 예상이 맞는다면 너희들은 아마도 전승자일 것이다. 그렇지 않으면 유물 능력자도 아닌데 공간 마법진을 익히는 것이 불가능할 테니 말이다. 내 말이 맞지?"

"그렇기는 해요."

"어르신과 관련이 있어 그럴지도 모른다고 생각했는데. 역시, 맞구나. 사람들은 잘 모르지만 국정원에서는 전승자들을 혈안이 돼서 찾고 있다."

"전승자들을요?"

"너희들 경우처럼 전승자들은 2차 각성을 하지 않아도 마법 같은 다른 차원의 비전을 익힐 수 있어서다."

"일반인을 대상으로 전승자들의 비전을 이용하려는 생각이군요."

"그래. 국정원에서는 전승자들에게 차원통제사 양성이라는 이유로 비전을 요구한다. 네 말대로 일반인들 중에서 능력자를 양성하기 위해서지."

"그건 쉽지 않을 텐데요. 전승자들이 비전을 아무에게나 전하지 않으니 말이죠."

"맞는 이야기다. 그동안 국정원에 협조하는 전승자들도 있었지만 대부분 거부를 했고, 마찰이 있었다. 거부한 전승자들 대부분이 아주 안 좋은 상황에 처해졌지."

"그럴 리가요?"

1차 각성이라는 본성의 각성 이후에 적폐를 청산하는데 앞장선 국정원이 그럴 리 없었다.

"우리가 직접 확인한 사실이다. 모종의 장소에 갇히거나 여러 가지 불이익을 주고 있지."

"불법일 텐데요."

"아니다. 능력자 관련법은 각성 여부를 떠나 능력을 사용할 수 있는지에 기준을 두고 있기 때문에 불법이 아니다. 유물 능력자를 제외하고는 국방의 의무가 지워지니 말이다. 일반인이 가는 군대와는 별개로 말이다. 그래서 그것 때문에 그동안은 너희들의 정체를 감춰왔다. 국정원에 너희들의 신상 정보가 알려지면 좋을 것이 하나도 없으니 말이다."

"그랬군요."

군대에 들어간 후 우리들은 센터에서 특별한 임무를 수행해 왔다.

큰 이모가 말하는 능력자들의 국방의 의무를 다하고 있는 것이니 별문제가 없지만 말씀을 드릴 수 없으니 이야기를 계속 듣기로 했다.

"성진아, 성찬아. 너희들이 앞으로 본격적으로 움직이다 보면 정체가 드러날 수 있다. 그런데도 미확인 게이트를 닫는 의뢰를 할 생각이니?"

"그럴 생각이에요. 사실 본 문의 사명이기도 하니까요."

"그렇구나. 전승자의 사명이라니 말릴 수 없겠구나. 그렇다면 더욱 조심하고 너희들의 정체가 드러나지 않도록 감춰야 한다."

"무슨 말씀이시죠?"

"너희들도 이미 알고 있겠지만 우리에게 감시자가 붙었다. 예전과는 달리 감시를 붙인 걸 보면 국정원에서 모종의 프로젝트를 진행하고 있는 것이 분명해 보인다. 유물 능력자가 대부분인 해결사들에게 비밀로 다루어지는 공간 마법진을 전수한 것을 보면 말이다. 유물 능력자들도 감시하기 시작한 것을 보면 공간 마법진을 전수한 이유가 아무래도 다른 차원의 지식을 흡수하고 능력을 향상시킬 수 있는지 알아보는 것 같다."

"사실 그럴 거라고 생각했어요. 다른 차원에서 전해진 지식들 중에 마법적인 것들은 특급으로 다뤄지는 비밀인데, 너무 쉽게 알려 주는 것을 보면 유물 능력자들에게 뭔가 목적이 있는 것 같기는 해요. 아무리 의뢰라고는 하지만 이모님 말씀대로 형과 제가 익힌 공간 마법진은 이렇게 함부로 내돌릴 수 있는 것이 아니니 말이죠."

"맞는 이야기다. 혹시나 해서 알아보니 국정원에서는 공간 마법진을 전수하고 중개인들을 전부 감시하고 있는 중이었다. 국정원에서 뭔가 노리는 것이 있다는 이야기지. 어쩌면 너희들에게도 감시가 붙을 수 있다."

"유물 능력자가 아닌데도 공간 마법진을 익혔으니 더욱 조심해야겠네요."

"그래. 정말 조심해야 한다."

"걱정해 줘서 고마워요, 큰 이모."

"고맙긴."

마치 아들처럼 생각해 주는 것 같아 큰 이모에게 고마운 마음이 들었다.

"큰 이모, 이제 의뢰에 대해서 말씀해 주세요."

"남양주 쪽에 발생한 A급 미확인 게이트를 처리하는 일인데, 할 수 있겠니?"

"당연히 해야죠. 그런데 의뢰비는 얼마나 주겠다고 합니까?"

"의뢰비는 20억 원이고, 수수료를 떼면 너희들에게 돌아갈
수 있는 돈은 최소 15억 원 정도가 될 거다. 그리고 앞으로 한
달 안에만 게이트를 닫으면 된다고 하니, 크게 무리가 가지는
않을 거다."

 "알았어요. 우리가 해결하죠. 정확한 위치가 어디죠?"

 "남양주에 있는 폐공장이다. 에너지 파장에 대한 정보는 마
도 네트워크를 통해 전달해 주마."

 "그렇게 하세요."

 "의뢰를 맡겠다면 공간 마법진이 유용한지는 아직 확실하지
않으니 장비도 챙겨가도록 해라."

 "알았어요, 이모. 대신 지금까지처럼 우리 정보는 감춰주세
요."

 "알았다. 의뢰 이야기는 이제 그만 하도록 하자. 그나저나 창
고에서 사는 것이 불편하지는 않니?"

 "얼마 전에 용도에 맞게 다시 인테리어를 해서 그리 불편하
지는 않아요."

 "그렇다면 다행이구나. 김치랑 밑반찬을 좀 만들어 왔는데
갈 때 가지고 가도록 해라."

 "고마워요, 큰 이모."

 "뭘, 그런 것 가지고. 라면이 다 된 모양이다."

 큰 이모 말대로 작은 이모가 커다란 냄비와 김치, 찬밥을 쟁

반에 담아 가지고 주방에서 나오고 계셨다.

"너희들 기다리다 배가 고파서 많이 끓였다."

"그래요, 작은 이모. 같이 먹는 게 더 맛있죠."

냄비가 워낙 커서 아무리 못해도 다섯 개 이상 라면을 끓인 것 같았는데 아주 잘 익힌 것 같았다.

신 김치와 같이 먹었는데, 정말 오랜만에 먹어보는 맛있는 라면이었다.

라면 국물에 찬밥까지 말아먹은 후에 시간이 너무 늦어 식당을 나서기로 했다.

"정말 잘 먹었어요. 시간이 너무 늦었네요. 우린 이만 돌아갈게요. 피곤하실 텐데 좀 쉬세요."

"그래, 알았다. 조심해서 가고."

의뢰에 사용할 장비를 받아가지고 식당을 나섰다.

주차장에서 차를 타고 집으로 향하는데, 감시하는 자들 중에 하나가 따라붙었다.

― 큰 이모님 말씀대로 우리도 감시를 할 모양이다.

― 그런 것 같아.

식당에서 집으로 오는 시간은 채 20분이 걸리지 않았다.

집으로 가는 동안에 미행을 하면서 자동차를 이용하지 않은 것을 보면 상당한 능력자가 분명했다.

집에 도착하니 쫓아왔던 감시자가 어느새 자리를 잡고 은신을 한 채 우리가 머물고 있는 집을 세밀하게 관찰하고 있는 것이 느껴졌다.

'에너지 파장이 잘 느껴지지는 않는구나. 이거 조심해야 겠다.'

분명히 주변에 교묘하게 은신해 있는데도 찾기가 쉽지 않았다.

아르고스의 눈이 가진 기능과 스페이스가 실시간으로 알려주는 좌표가 아니라면 나도 모를 정도였다.

― 기적이 아주 희미하고 에너지 파장은 아예 느껴지지 않는 것을 보면 우리를 감시하고 있는 자가 상당한 수준인 것 같아, 형.

― 그래, 조심해야겠다. 있다는 것을 미리 알고 있지 않았다면 아예 느끼지 못했을지도 모르니 말이다.

― 내가 문을 열게.

― 그래라.

얼마 전에 개조를 끝내서 차를 안으로 들여놓을 수 있기에 보조석에서 내려 문을 열었다.

그렇게 안으로 들어가 차를 주차시키고 난 뒤에 샤워를 하고 잠을 자기 위해 침대에 누울 때까지도 감시자가 떠나지 않는 것을 보면 앞으로도 계속 지켜볼 모양이었다.

침대에 누워 잠을 청하려니 형이 텔레파시를 보내왔다.

― 성찬아.

― 왜, 형?

― 안까지 들어오지는 못하겠지?

― 그건 걱정하지 마. S급 능력자라도 쉽게 들어오지 못하니까 말이야. 그리고 해결사들을 이용해 뭔가 하려는 것 같으니 섣불리 움직이지는 않을 거야. 자칫 반감을 살 수도 있으니 말이야.

― 네가 그렇다면 그렇겠지. 피곤할 텐데 이만 자자.

― 잘 자, 형.

― 너도 잘 자라.

국정원의 의뢰를 수행하려면 당분간 바빠질 것이다.

공간 마법진에 대한 수련을 끝낸 터라 오늘을 수련을 쉬기로 했기에 잠에 빠져들었다.

아침에 일어났을 때도 감시자는 자리를 떠나지 않았다.

우리는 알아챘다는 것을 들키지 않기 위해 평소처럼 행동했다.

집에 머물며 학과 공부를 하다가 근호 형 가게로 가서 저녁을 먹은 후 강의를 받으러 갔다.

재미있는 것은 집에 있을 때나 이동을 할 때는 감시를 했지만 우리가 학교에서 강의를 듣는 동안에는 따라붙지 않는다는 것이었다.

아마도 교수들에게 들킬 것을 염려하기 때문인 것 같았다.

덕분에 강의를 받으면서 근호 형과 사인방의 수련을 도울 수 있었다.

암자에서의 일이 있어서인지 다섯 사람은 정말 전력으로 수련을 하고 있었다.

심법을 운용하며 강의를 듣는 것은 물론이고, 낮에 일을 하는 피곤한 와중에도 수련을 멈추지 않고 있었다.

그렇게 수련을 하면서 의문이 들거나 막힌 부분에 대한 도움을 주는 것이었기에 그리 어렵지 않은 일이었다.

삼환문의 제자가 되었기 때문인지, 날로 실력이 늘어가는 터라 형과 나는 아주 기쁜 마음으로 다섯 사람에게 조언을 주었다.

그렇게 의뢰를 수행하기 전까지 학업에만 충실했다.

그리고 주말이 되자 게이트를 닫기 위해 남양주로 향했다.

두 분 이모에게 의뢰를 받은 시간보다 5일이나 빠른 일정이었다.

그동안 형과 나는 주로 유물을 찾는 의뢰를 받고 일을 해왔다.

미확인 게이트를 닫는 일은 현화가 거느린 해결사들에게 맡겨왔지만, A급 미확인 게이트이니 이제부터는 슬슬 움직일 때였다.

공간 마법진이라는 다른 차원의 특별한 지식을 국정원에서 제공한 것에는 목적이 있어 위험할 수 있다는 큰 이모의 경고가 아니더라도 우리의 정체를 들키고 싶지 않기에 집을 나서기 전부터 조심해서 움직였다.

집 주변을 감시하고 있는 자가 상당한 능력자이기는 하지만, 들키지 않고 움직이는 데는 큰 무리가 없었다.

스페이스가 마도학의 환상 마법으로 교란을 하고, 우리가 전투 슈트를 입고 능력을 사용해 은신한 채로 움직인 터라 집을 나오는데도 들키지 않을 수 있었다.

— 스페이스, 우리가 다녀올 때까지 들키지 않을 수 있겠지?

— 걱정하지 마십시오, 마스터. 감시하고 있는 자는 두 분이 계속 집에 머물고 있는 것으로 알게 될 겁니다.

— 알았어. 이상이 생기면 곧바로 알려줘.

— 예, 마스터.

스페이스가 자신하니 걱정이 없을 것 같다.

곧바로 전속력으로 움직이면 들킬 수도 있기에 우선 일자산으로 올라갔다.

— 괜찮은 거냐?

— 감시자를 눈 뜬 장님으로 만들어놨으니 갔다가 올 때까지 괜찮을 거야, 형.

— 다행이다.

― 이제부터 빨리 움직여야 해.

― 그러자. 시간 안에 오려면 서둘러야 할 것 같다.

― 가자, 형!

파팟!

지면을 박찼다.

전투 슈트를 입은 터라 거의 날듯이 움직였다.

미확인 게이트는 외딴 공장 건물에서 발생할 것으로 예상되는데 오는 동안 살펴보니 이동로를 통제하고 있는지 공장 근처에서 인적이라고는 하나도 찾아볼 수 없었다.

우리가 게이트를 닫는 것이 알려지지 않기를 바랐기에 목적지에 도착하고 난 뒤에는 은신한 채 주변을 살펴봤다.

'일찍 오기를 잘 했군. 감시하고 있는 인원은 없으니 다행이다.'

반경 1킬로 주변을 통제하고 있기는 하지만 공장 건물 주변에는 감시하고 있는 인원이 없었다.

예정보다 빨리 의뢰를 수행하는 탓에 미처 감시자를 배치하지 않은 모양이었다.

― 형, 빨리 끝내는 것이 좋을 것 같아. 어서 들어가 보자.

― 알았다.

형과 함께 공장 안으로 들어가니 게이트가 발생하기 전에 나타나는 에너지 파장을 느낄 수 있었다.

'흘러나오는 파장이 아주 미세하군. 에너지 파장이 안정적인 모양이군. 이 정도면 아직 먼 것 같은데. 그래서 아직 감시 인원을 배치하지 않은 건가?'

에너지 파장이 안정적인 것을 느끼며 국정원에서 게이트를 닫는데 한 달의 여유를 준 이유를 알 것 같았다.

'혹시 모르니 한 번 더 살펴보자. 미확인 게이트에 대한 것은 어느 것도 확정할 수 있는 것은 말이야. 자칫 재수 없으면 지금 활성화될 수도 있고.'

공간 마법진을 캐스팅하는 법을 수련해서 그런지 어떤 형태로 나타날지 예측하는 것이 가능했다.

만약의 사태를 대비해 어느 정도 여유가 있는지 살펴봐야 할 것 같다.

'이런!!'

정신을 집중해 다시 살피다가 저절로 욕이 나왔다.

생각이 씨가 됐는지 게이트가 생성이 예상되는 좌표에서 갑자기 에너지 파장의 변화가 급속도로 일어나기 시작했다.

그동안 닫아온 미확인 게이트보다 활성화 속도가 몇 배나 빨랐다.

거의 다섯 배가 넘는 속도라 활성화되는 것은 시간문제였다. 빨리 닫지 않으면 큰일이 생길 것 같다.

— 성찬아, 에너지 변화가 빠르게 진행되고 있다.

― 게이트가 열리는 것이 예상보다 빠를 수도 있을 것 같은데?

― 그러게 말이다.

― 국정원이라고 해도 발생하지도 않은 미확인 게이트를 정확히 측정할 수는 없겠지만, 지금 상태로 보면 우리가 닫아온 것들과도 전혀 다른 것 같아.

― 그런 것 같다. 큰 이모님 말씀으로는 한 달 정도 시간이 있을 거라고 했는데, 급해질 수도 있으니까 빨리 끝내는 것이 좋을 것 같다. 더군다나 에너지 파장을 탐지하면 국정원 요원들이 들이닥칠 수도 있으니 말이다.

― 알았어.

― 우선 장비부터 설치하자.

― 장비는 설치하지 않아도 될 거야. 그냥 내가 할 테니까 형은 에너지 파장을 감시해 줘. 에너지 변동 폭이 지금보다 두 배 빨라지면 나에게 말해주고.

― 장비 없이도 괜찮은 거냐?

― 걱정하지 마. 국정원이 전해준 공간 마법진이면 충분할 것 같으니까 말이야. 장비를 설치하면 게이트를 닫는데 시간이 걸리기도 하고.

김상겸을 상대하면서 많은 정보를 얻기도 했지만 한 단계 더 성장을 했다.

더군다나 전해받은 공간 마법진을 스페이스의 도움을 받아 업그레이드시킨 터라 장비가 없어도 충분히 닫을 수 있을 것 같기에 나 혼자 해보기로 한 것이다.

형도 그것을 느꼈는지 곧바로 승낙을 한다.

— 알았다. 서두르자.

— 그래, 형.

느껴지는 에너지 파장으로 볼 때 게이트가 열리기까지 세 시간도 남지 않은 것 같기에 서두르기로 했다.

곧바로 에너지 파장이 가장 강한 곳 앞에 가부좌를 틀고 앉았다.

'에너지가 발산되는 좌표를 정확히 알아야 한다.'

게이트를 닫기 위해서는 에너지 파장을 토대로 생성될 좌표를 정확히 산출해야 한다.

에너지가 변동되는 폭도 크고, 활성화 속도가 너무 빨라서 아무래도 스페이스의 도움을 받아야 할 것 같다.

— 스페이스.

— 예, 마스터.

— 내가 생각한 좌표와 게이트 생성 좌표를 확인해 봐.

— 정확히 일치합니다.

— 좋아. 지금부터 공간 마법진을 구성할 테니까 과정을 전부 모니터해 줘.

― 염려하지 마십시오.

스페이스의 대답을 듣고 몸 안에 있는 단전들과 융합한 마나 엔진으로부터 에너지를 끌어 올려 두 손에 담았다.

청량하면서도 따뜻한 느낌에 손에 이는 것을 느끼며, 수련한 대로 에너지를 발산해 게이트가 발생될 좌표 주변에 뿌렸다.

금빛 광채를 뿌리며 허공에 룬이 생성되더니 금빛 광선이 질 주하기 시작했다.

빛줄기를 따라 마치 전자 기판의 회로처럼 보이는 것들이 허 공에 생성되며 좌표를 감쌌다.

'게이트에서 발생하는 차원의 위상 에너지를 순환시키는 것 은 끝났다.'

다른 차원의 위상 에너지를 되돌리는 순환과정은 가장 기초 적이지만 어려운 작업이다.

하지만 공간 마법진 덕분에 손쉽게 끝났기에 다음 단계로 넘 어갔다.

이제부터는 다른 차원이 지구 대차원에 고정하고 있는 좌표 를 지워야 한다.

우우우웅!

넘어오는 것이 막히자 미확인 게이트 너머의 차원 위상 에너 지가 진동하기 시작했다.

'정말 엄청난 양이다. 이대로라면 게이트가 열려 버린다. 어

쩌면…….'

공간 마법진이 흔들리기 시작하는 것을 보면서 차원 위상 에너지가 흘러나오는 차원으로 되돌리는 것은 불가능하다는 것을 깨달았다.

'억지로 되돌리다가는 폭발할 가능성이 높으니 흡수하는 것으로 하자. 김상겸에게서 얻은 기억대로라면 나도 충분히 흡수할 수 있을 테니까.'

의식이 통합되며 만들어진 역장을 통해 김상겸의 의식을 흡수했다.

김상겸의 의식에 남아 있는 정보를 토대로 다른 차원의 위상 에너지를 흡수하는 방법을 알게 되었다.

삼환명십법과 비슷한 면이 많았기에 나도 쉽게 사용할 수 있는 것이어서 게이트가 폭발하는 위험에 대비해 차원 위상 에너지를 흡수하기로 했다.

김상겸에게서 알아낸 방법으로 심법처럼 몸 안의 에너지를 순환시키자 공간 마법진에 막혀 진동하던 차원 위상 에너지가 유입되기 시작했다.

'뭐지?'

차원 위상 에너지는 희한하게도 내 의식과 연결된 공간 마법진을 통해 유입되고 있었다.

지금까지 느껴봤던 차원 위상 에너지 중에 가장 강력한 것 같았지만, 이상하게도 흡수하는 데는 전혀 지장이 없었다.

'해결사들에게 전해진 공간 마법진은 어쩌면 의도하지 않아도 자연스럽게 차원 에너지를 흡수하도록 만들어진 것일 수도 있다.'

스승님으로부터 얻은 유물은 에너지를 다루는데 특화되어 있는 것이다.

유물의 의지마저 완전히 제압된 터라 나는 이 막대한 차원 위상 에너지를 지구 대차원의 기반이 되는 에너지와 융합하며 흡수할 수 있지만 다른 이들은 문제가 될 수 있다는 생각이 들었다.

아직 유물의 의지를 완전히 제압하지 못한 해결사라면 문제가 발생할 소지가 다분하다.

게이트를 닫다가 차원 위상 에너지를 흡수하게 되면 유물의 의지가 어떻게 변할지 미지수이니 말이다.

'아무래도 공간 마법진이 차원 위상 에너지를 흡수하도록 만드는 기능을 가지고 있다는 것을 국정원도 알고 있는지 확인해 봐야 할 것 같다.'

중국이나 러시아에서 미확인 게이트를 열려고 혈안이 되어 있고, 차원 게이트가 활성화되며 발산되는 차원 위상 에너지를 이용하려고 한다.

지구 대차원이 아닌 다른 대차원의 힘을 이용해 헤게모니를 장악하기 위해서 말이다.

어쩌면 국정원도 중국이나 러시아와 같은 생각을 하고 있을지도 모르기에 확인이 필요하다.

아직 다른 대차원과 연결될 준비가 되지 않았으니 말이다.

'일단 이것부터 끝내자.'

국정원에 대해서는 알아볼 방법이 있기에 차원 위상 에너지를 흡수하는데 집중을 했다.

성진이 형이 걱정되는지 텔레파시를 보냈다.

― 성찬아, 에너지 파동에 너에게 집중이 되는 것 같던데, 괜찮은 거냐?

― 장비는 없지만 센터에서 임무를 수행했을 때보다 훨씬 수월한 것 같아, 형.

― 새로 수련한 공간 마법진이 도움이 되는 모양이다.

― 그런 것 같아. 조금 있으면 끝날 거야.

― 조심해라.

스승님에 내게 전해준 유물로 인해서인지 차원 위상 에너지를 모두 흡수하는데 시간이 그다지 오래 걸리지 않았다.

불과 두 시간 만에 발산되는 차원 위상 에너지를 모두 흡수하고 미확인 게이트의 고정 좌표를 지울 수 있었다.

― 형, 끝났어.

― 다행이다. 시간이 너무 늦은 것 같다. 혹시 모르니 일단

이곳을 떠나자.

─ 그래, 형.

곧바로 공장을 나와 집까지 이동을 했다.

이동을 하기 전에 인식 차단 장치를 사용한 터라 흔적을 전혀 남기지 않고 서울로 향할 수 있었다.

서울로 가는 동안 게이트를 닫으면서 알아낸 것들을 토대로 앞으로 어떻게 할지 고민을 하면서 빠르게 이동을 했다.

'어쩌면 센터에서도 미확인 게이트에서 발생하는 차원 위상 에너지를 모으고 있던 것일지도 모른다. 그러니 국정원뿐만 아니라 우리가 임무에 쓴 장비들에 대해서도 알아봐야 할 것 같다.'

센터에서 준 장비로 게이트를 없애온 터라 느끼지 못했는데, 이번에 확실히 뭔가 이상하다는 것을 깨달았다.

김상겸을 상대할 때도 느낀 것이지만, 이번에 미확인 게이트가 발생하는 좌표를 없애면서 확인해 보니 차원 위상 에너지는 우리가 지금 받았던 장비 같은 것으로는 절대로 없앨 수 있는 것이 아니었으니 말이다.

안정적으로 대차원이 연결되기 위해서는 엄청난 에너지가 필요하다.

그것을 일개 장비나 개인의 힘으로 막는다는 어불성설인 것이다.

다른 대차원과 연결되는 게이트가 나타나기 시작하면 흘러들어 온 차원 위상 에너지가 지구 대차원에 퍼져 나간다.

좌표에 만들어진 게이트는 빵빵한 풍선에 뚫린 바늘구멍이나 마찬가지다.

거대한 대차원의 에너지가 흘러나오는 비좁은 구멍이나 다름없으니 아무리 S급 진성 능력자라고 해도 절대로 되돌릴 수 없는 것이다.

그런데 장비만으로 그것을 막는다니 절대로 믿지 못할 일이다.

그동안 우리 팀이 게이트를 장비로 막은 후, 뒷처리는 후속팀에게 맡겨왔다.

아무래도 게이트를 막은 장비가 차원 위상 에너지를 흡수하는 역할도 하는 것 같으니 알아봐야 할 것 같다.

빠르게 이동을 하고 있지만 내가 고민하는 것을 알아차렸는지 형의 텔레파시가 들려왔다.

― 무슨 걱정거리라도 있나?

― 형, 이번에 게이트를 닫으면서 이상한 것을 느꼈어.

― 이상한 것을 느끼다니, 무슨 말이냐?

― 게이트 좌표가 생성되면서 발생하는 차원 위상 에너지는 절대 되돌려 보낼 수가 없는 거였어.

― 그럼 조금 전에는 어떻게 닫은 거였냐?

─ 차원 위상 에너지를 되돌려 보낸 것이 아니라 내가 흡수해서 닫은 거였어.

─ 뭐?

내 말에 형도 느낀 뭔가 이상하다는 것을 느낀 모양이다.

─ 아무래도 게이트를 막을 때 썼던 장비들은 차원 위상 에너지를 저장할 수 있는 것 같아. 그동안 우리가 게이트를 처리하면 후속 팀이 장비를 처리했는데 아무래도 이상해서 말이야.

─ 네 말이 맞는다면 차원 위상 에너지를 흡수한 장비들을 다른 목적으로 사용할 수도 있다는 거구나. 그렇다면 센터에서 일부러 그랬다는 건데…….

─ 아무래도 그런 것 같아. 도대체 무슨 목적인지 모르겠지만 비밀이 있는 것은 분명해 보여.

─ 으음, 센터장도 잠수한 것 같은데, 어떤 비밀이 있는지 알아내기는 어렵지 않겠니?

─ 그렇겠지. 일단은 장비에 그런 기능이 있는지 확인해 보려고 해. 그리고 그런 기능이 있다면 알아볼 방법이 있어.

─ 어떻게 할 건데?

─ 후속 팀에 속해 있는 이들을 통해서 알아보려고 해.

─ 후속 팀원 중에 아는 자가 있냐? 우리도 그렇지만 그들에 대한 신상 정보도 비밀이잖아.

─ 작전을 수행하던 중에 우연히 정체를 알게 된 자가 있어.

그자라면 뭔가 알고 있을지도 몰라. 그자를 통해서 우리가 게이트를 처리하고 난 뒤에 장비들을 어떻게 처리했는지 알아보면 뭔가 알 수도 있을 것 같아.

— 그러면 확인해 보자. 심각한 일이 우리도 모르게 벌어지고 있는 것 같으니 말이다.

— 알았어, 형.

후속 팀 중에 내가 정체를 알고 있는 사람은 국가정보원에 몸을 담고 있는 양만식이라는 자로 센터와 국정원을 연결하는 역할도 맡고 있었다.

장비를 확인해 봐야겠지만, 내 생각이 틀림없다면 심각한 일이다.

센터에서 임무를 받아 게이트를 닫을 때 사용한 장비로 차원 위상 에너지를 수집하는 이유가 어쩌면 국정원에서 진행하는 프로젝트와 관련이 있는 것일지도 모르니 말이다.

'제7국이 주도적으로 움직였을 가능성이 높다.'

다른 대차원의 차원 위상 에너지를 수집하는 것을 보면 아무리 생각해도 양만식은 대차원을 맡고 있는 제7국의 요원일 가능성이 매우 높다.

그리고 우리가 쓴 장비들에 저장된 차원 위상 에너지가 아무래도 제7국의 임무에 사용되는 것이 확실하다.

이런 생각이 든 이유는 우리가 게이트를 없앨 때 사용한 장비들은 매번 새로 만들어진 것으로 같은 것을 두 번 다시 사용한 적이 없어서다.

센터로 회수되는 것이 아니라 국정원에서 가져갔을 가능성이 높다.

'그나저나 양만식이 지구에 있을지는 모르겠군.'

센터의 활동이 중단된 터라 양만식은 지구에 없을 가능성이 있기에 머리가 복잡해졌다.

'국정원도 그렇지만 제7국을 파헤치는 것이 쉽지는 않을 텐데, 어찌되었던 시도해 보자. 양만식이 없더라도 뭔가 건지는 것이 있을지 모르니까.'

— 스페이스.

— 말씀하십시오, 마스터.

— 국정원 네트워크는 파악이 다 됐어?

— 전에 마스터께서 송신하신 방법을 바탕으로 전부 파악이 끝났습니다.

— 국정원이 사용하는 마도 네트워크 쪽은 어때?

— 전부 파악하지 못했지만, 마도 네트워크에서 교환이 이루어진 정보는 내부 통신 자료를 통해 어느 정도 엿볼 수 있는 수준은 됐습니다.

— 좋아. 게이트, 차원 위상 에너지, 저장이라는 단어들을 키워드로 삼아서 오가는 통신을 파악해 줘. 형과 대화하는 것을

들었을 테니 의미 있는 내용이 발견되면 나에게 알려주고 말이야.

— 알겠습니다, 마스터.

스페이스에게 국정원에서 사용하는 네트워크를 해킹해서 정보 수집을 부탁했다.

해킹이 절대 불가능한 마도 네트워크에서 직접 알아내지는 못한다.

하지만 내부 네트워크를 통해 이루어진 정보 교류를 통해 어느 정도 차원 위상 에너지에 대한 것을 파악할 수 있을 것이다.

스페이스라면 내가 원하는 것을 어느 정도는 알아낼 수 있을 것이기에 기대해 볼 만했다.

'그리고 다른 방법으로도 어떻게 장비를 처리하는지 알아보자. 투 트랙으로 가면 뭔가 건질 수 있을 테니까.'

국정원에서 받은 임무를 수행하는 방법은 센터에서 것과 같았다.

두 분 이모를 통해 전해진 장비를 사용해야 하고, 임무가 끝나면 장비는 반납을 하는 것이다.

장비를 가지고 갔지만, 사용하지 않았기에 두 분에게 반납을 하면 국정원으로 보낼 것이다.

양만식을 통해 알아내지 못할 수도 있기에 그쪽 루트를 통해 알아내는 방법도 있는 것이다.

― 스페이스, 국정원에서 보내온 장비에 들키지 않게 도청장치 같은 것을 부착할 수 있겠어?

― 가능합니다.

― 그럼, 부탁해.

― 예, 마스터.

스페이스에게 부탁을 하고 발걸음을 서둘렀다.

집 근처에 도착했지만 감시를 하고 있는 자는 변함이 없는 것을 보니 우리가 집을 비웠다는 것을 알아차리지 못한 모양이다.

― 스페이스, 부탁해.

― 예, 마스터.

스페이스가 환상 마법으로 교란했다.

감시자의 감각을 완전히 속이고 전투 슈트의 은신 능력 발휘한 때문인지 우리가 안으로 들어갈 때까지 아무것도 알아차리지 못했다.

"형, 일단 장비부터 확인을 할게."

"그래."

― 스페이스, 시작해.

― 예, 마스터.

형에게 말하고 스페이스의 도움을 얻어 장비부터 확인을 했다.

― 끝났습니다, 마스터.

— 어때?

— 마스터께서 예상하신 대로 차원 위상 에너지를 수집하고 저장할 수 있는 기능을 가지고 있습니다.

예상대로 국정원에서 나온 장비 안에는 마나석을 이용해 차원 위상 에너지를 저장할 수 있는 장치가 설치되어 있었다.

— 센터에서 준 장비들도 확인해 봐.

생각난 김에 센터에서 받은 장비 중에 남아 있는 것에 대해서도 확인을 시켰다.

— 그것도 같습니다. 수집해서 저장하는 방식이 완벽하게 일치합니다.

— 그랬군. 아무래도 형에게 설명을 해주어야겠다.

예상한 것이 확인이 됐기에 형에게 알려주어야 할 차례다.

"형, 센터에서 사용하던 장비에는 차원 위상 에너지의 저장 기능이 있어. 그것도 국정원에서 준 것과 완벽하게 같은 방식으로 작동하는 것으로 말이야.

내가 스페이스를 통해 장비에 대해서 알아낸 것을 설명해 주니 형이 무척이나 화를 냈다.

"빌어먹을!! 도대체 무슨 생각을 가지고 있는 거야? 우리를 이용한 건가?"

사명감을 가지고 한 임무가 비밀이 있다는 생각에 화가 난 모양이다.

"형, 아직 모르는 거야. 다른 대차원의 위상 에너지를 수집하는 것에 대해 우리에게 알려줄 수 없는 이유가 있을지도 모르니 말이야."

"무슨 말이냐?"

"생각해 봐. 중국과 러시아에서는 다른 대차원을 연결하는 게이트를 여는 데 혈안이 되어 있어. 지난번 타클라마칸 작전이 끝나고 난 뒤에 중국에 머물면서 확인을 해보니 중국 정부 주도로 그동안 무수한 게이트가 열렸어."

"중국에서 다른 대차원의 게이트가 열리는 것이 중국 정부에서 주도한다는 거냐?"

"맞아. 중국 정부는 물론이고, 대륙천안이라는 조직에서 그동안 게이트를 열어서 차원 위상 에너지를 수집해 온 것 같아. 그리고 뭔가를 준비하는 것 같았어."

"뭔가를 준비하기 위해서 말이냐?"

"그래. 사실 그게 뭔지는 아직 정확히 몰라. 하지만 무척이나 중요한 것이라는 느낌을 받았어."

"대변혁처럼 뭔가 엄청난 일이 일어나는 것 아니냐?"

"그럴 가능성이 높아. 그러니 정확하게 확인을 한 후에 움직이는 것이 좋을 것 같아."

"알았다. 일단 지켜보자. 하지만 만약 센터가 우리를 속인 것이라면 나는 절대 가만히 있지는 않을 거다."

"형만이 아니야. 만약 다른 음모가 있다면 나도 가만히 있지 않을 거야."

"그래. 알았다."

"이제 그만 화를 가라앉히고 쉬어, 형."

"알았다."

형이 얼굴을 굳히며 자신의 방으로 가는 것을 보며 나도 내 방으로 들어갔다.

방에 딸린 욕실에서 샤워를 하고, 침대에 누웠다.

'아직 때가 되지는 않았지만 언젠가는 다른 대차원과 연결이 되는 것만은 분명하다. 지금도 열려진 게이트에서는 다른 대차원의 차원 위상 에너지가 흘러들고 있으니 말이다.'

중국에서 활동을 하는 동안 열려진 게이트를 몇 번 본 적이 있다.

타클라마칸에서 생겼던 대규모 게이트는 우리가 닫았지만, 중국에서 겪었던 일들로 비추어 볼 때 규모가 아주 작은 게이트는 무수히 열렸다고 봐야 한다.

게이트가 처음 생겨날 때 발생하는 것에 비해서는 손톱의 때만큼도 못 되지만 열려진 게이트에서도 지구 대차원으로 차원 위상 에너지가 흘러들고 있다.

머지않아 새로운 대차원의 에너지가 지구 대차원에 퍼질 것이고, 대변혁처럼 우리는 새로운 세상과 조우하게 된다.

또 다른 대차원과의 연결되는 것이 얼마나 남았는지는 모르지만 머지않았을 것이다.

중국은 거대한 땅을 가지고 있다.

그 크기만큼이나 중국 쪽에서 대차원과 연결된 게이트가 얼마나 생겨났는지 가늠이 되지를 않지만 상당한 양의 차원 위상 에너지를 모았을 것이다.

러시아도 그럴 확률이 높다.

대한민국이 간도와 연해주를 점령하면서 확실한 연계를 가지고 있으니 말이다.

장비를 통해 확인한 것처럼 국정원도 차원 위상 에너지를 모으고 있는 중이다.

대한민국을 상대하기 위해 차원 위상 에너지를 모으는 중국이나 러시아는 그렇다고 쳐도 국정원은 무엇을 위해서 모으는 것인지 도대체 모르겠다.

그것도 새로운 게이트가 발생할 때마다 극비리에 말이다.

차원 위상 에너지가 필요하면 효율은 떨어지지만 열려진 게이트에서 안정적으로 수집하면 되는데 말이다.

'차원이 발생하는 시점에 흘러나오는 차원 위상 에너지를 모으고 있는 이유가 있을 것이다. 장호의 경우로 볼 때 중국이나 러시아 쪽에서는 그걸 이용해 초인을 양상하려 하고 있지만 국정원은 그렇지 않을 것이다. 그런 방법이야 지금도 많으니까 말

이다. 뭔가 있는 것이 확실하니 왜 그러는지 파악을 한번 해보자.'

　돌아가는 판세를 보면 머지않은 시기에 변화가 있을 것이 확실해 보이는 상황이라 국정원의 제7국을 집중적으로 파헤쳐 보기로 했다.

　'생각을 너무 집중했더니 피곤하군. 일단 자고 내일부터 움직여야겠어.'

　생각이 많은 하루였기에 잠을 청했다.

제 4 장

아침에 일찍 일어나 수련을 하며 시간을 보내다가 점심시간이 약간 지난 후에 자매식당으로 향했다.

공사장에 도착해 주차장에 차를 주차하며 감시의 시선을 느낄 수 있었다.

— 성찬아, 계속해서 감시를 할 모양이다.

— 그러게 말이야. 그래봤자 두 분도 그렇고 우리에 대해서도 알아낼 수 있는 것이 거의 없을 텐데 말이야.

— 한 가지 짐작이 가는 것이 있다.

— 뭔데?

— 특급 비밀이나 다른 없는 것을 전한 것을 보면 공간 마법

진을 익힌 해결사들에게 어떤 변화가 일어나는지 살피려고 하는 것이 틀림없다.

— 아무래도 그렇겠지?

— 그것밖에는 이유가 없을 것이다. 계속 우리를 살펴볼 테니 조심하는 것이 좋을 것 같다.

— 앞으로 더 조심하자, 형.

— 그래. 어서 들어가자.

감시자 시선을 뒤로 하고 식당 안으로 들어가자 큰 이모가 우리를 반갑게 맞아주셨다.

주방에서 음식을 만들고 있는 작은 이모도 손을 흔들며 아는 척을 했다.

"어서 와라."

"예, 큰 이모."

"무슨 일이니?"

"의뢰가 끝나서요."

우리가 들어오는 순간, 큰 이모가 인식 차단 장치를 가동하는 것을 알아차렸기에 거리낌 없이 말했다.

"저, 정말이냐?"

예상보다 빨리 처리를 해서 그런지 매우 놀라는 눈치시다.

"예. 의뢰하신 게이트는 완전히 닫았어요."

"그렇게 빨리 처리를 하다니, 정말 대단하구나."

"그리고 여기요."

폐공장에서 사용하지 않은 장비를 백팩에서 꺼내 큰 이모에게 건넸다.

"장비를 사용하지도 않은 거니?"

"예, 국정원에서 알려준 방법으로도 충분했어요."

"정말 대단하구나."

"공간 마법진이 아주 유용하더군요. 조금 힘들기는 했지만 장비를 사용하는 부담이 없으니 숙달만 된다면 앞으로 게이트를 닫는 데 큰 도움이 될 것 같아요."

"그래도 조심해라. 위험할 수도 있으니 말이다. 장비를 사용하지 않고도 게이트를 닫을 수 있는 사실이 알려져서 좋을 것이 없으니 말이다."

"예, 큰 이모."

진심으로 걱정을 해주는 큰 이모의 마음이 느껴져서 기분이 좋다.

"그나저나 다른 해결사들이 게이트를 닫을 때는 사용료를 공제했지만 너희들은 장비를 사용하지 않았으니 수수료가 많아질 것 같다."

"얼마나 될까요?"

"협상해 봐야 알겠지만, 아무리 못해도 18억 원은 넘을 것 같다. 기대해도 좋을 거다."

"고마워요, 큰 이모."

"고맙기는 뭘. 우리가 고맙지. 아직 식전인 것 같은데 조금만 가다려라. 밥 차려줄 테니까."

"예, 큰 이모."

자리에 앉아 두 분이 음식을 만들어 내왔고, 워낙 솜씨가 좋으신 터라 맛있게 먹을 수 있었다.

드르르르!

식사를 마치고 밖으로 나가 차를 타려는데 문자가 왔다.

학교에서 온 것이었는데, 본래 수업이 없지만 특별 강의가 있으니 재료를 구입해 오라는 연락이었다.

형에게도 문자가 온 것인지 핸드폰을 열어 내용을 확인했다.

"오늘 특강이라는데, 학교에 갈 거냐?"

"가야지. 흔치 않은 기회인데 말이야."

"준비물이 있는 것 같은데, 어떻게 할 거냐?"

"일단 시내로 나가봐야 할 것 같아. 재료를 구할 수 있는 곳은 마켓밖에는 없으니 말이야."

"그래. 가보자."

현역으로 활동하는 차원통제사가 주관하는 특강은 돈을 주고도 접하기 어려운 것이다.

절대 빠질 수가 없기에 형과 함께 재료를 사러 마켓으로 향했다.

'가서 재료를 사는 김에 팀원들에게 앞으로의 행동 지침을 보내야겠군.'

재료도 사고 그동안 파악한 것을 바탕으로 팀원들에게 행동 지침을 보낼 생각이니 말이다.

'그곳은 능력자라도 함부로 은신을 할 수 없는 곳이니 말이다.'

차원 관련 상품을 파는 마켓에 들러서 과제와 관련한 재료들을 구입하려고 한다.

감시자가 따라붙고 있지만, 그곳이라면 내가 팀원들에게 정보를 보내도 들킬 염려가 없다.

마켓에는 범죄 예방을 위해 능력자 감지 시스템을 구비해 놓고 있었다. 대놓고 능력을 발휘할 수 없는 터라 메시지를 전달하기에는 안성맞춤이었다.

더군다나 지침은 스페이스를 통해 보내게 될 것이고, 확인할 수 있는 방법을 간단히 표시만 하는 것이니 말이다.

형이 차를 몰아 마법 자물쇠를 팔았던 채널 라인으로 가서 과제에 필요한 재료들을 구입했다.

학생증을 제시하고 물품을 구입하게 되면 재료 구입비의 99%는 학교에서 내고 우리가 내는 돈은 재료값의 1%만 내면 된다고 하니 큰 부담은 없다.

우리가 구입한 재료는 최하급 마나석과 손질된 오크의 가죽이었다.

재료를 구입하고 난 뒤에 채널 라인을 나서며 로비를 장식하고 있는 조화 중 하나의 잎사귀를 꺾어놓는 것으로 표시를 한 후에 밖으로 나섰다.

― 스페이스, 약속된 장소에 게이트에 사용된 장비들에 대해 알아보도록 지침을 전송해 줘.

― 알겠습니다, 마스터.

스페이스와 어느 정도 의논을 해둔 터라 지침은 곧바로 전송이 됐다.

"성찬아, 애들에게 연락해라."

"알았어."

사인방 중 한 명인 병찬이게 전화를 걸었다.

― 예, 성찬이 형!

"지금 가면 30분쯤 걸릴 거다. 자리 두 개 확보하고 근호 형 가게에서 기다려라."

― 알았어요.

전화를 끊고 형과 함께 학교로 갔다.

평소보다 이른 시간이었지만 근호 형 가게에 들러 저녁을 해결할 생각이기에 그리 이른 것도 아니었다.

학교에 도착해 주차를 했다. 정문을 나선 후에 분식집 안으로 들어가자 야간학부 학생들과 학과를 마친 학생들로 바글거렸다.

"성찬아, 다들 저기 있다."

"그러게. 저리로 가자."

사인방이 앉아서 식사하는 곳에 빈 자리가 있었기에 그리로 갔다.

"어서 오세요, 성진이 형. 성찬이 형도요."

"그래."

"재료 준비는 끝내셨어요."

"사 가지고 오는 길이다."

"식사는 저희가 시켰어요. 조금 있다가 나올 거예요."

"알았다."

앉아서 기다리니 아르바이트생과 함께 근호 형이 양손에 접시를 들고 밖으로 나왔다.

"오늘은 특제 소스를 곁들인 오므라이스다. 너희 둘은 곱빼기다."

접시를 보니 성진이 형과 내 것은 사인방 것보다 두 배 정도 되는 크기다.

"냄새가 좋은데."

"그래. 한번 먹어보고 괜찮은지 평가 좀 해줘라."

"알았다. 네가 만들었으니 확실하겠지."

"하하하, 나는 냉정하게 평가를 내릴게."

형의 뒤를 이어 수저를 들며 말했다.

"성찬이라면 확실하지. 난 바빠서 이만 주방으로 가보마. 다들 맛있게 먹어라."

"맛있게 먹을게."

근호 형이 만든 오므라이스를 수저로 떠서 먹었다.

볶아낸 밥에 올려진 계란과 소스가 환상적으로 어울리는데다가 근호 형이 목표로 하는 기능까지 완벽하게 적용이 된 터라 아주 훌륭한 식사였다.

— 어떠냐?

— 이제 경지에 다다른 것 같아. 다른 차원의 재료를 쓴다면 적어도 중급 포션을 능가할 수 있을 것 같으니 말이야.

— 정말이냐?

— 사실이야.

— 근호가 좋아하겠군. 이제 먹는 것만큼은 보급 걱정은 덜어도 되겠다. 다른 차원으로 넘어가면 재료야 넘치도록 있을 테니까.

— 그렇기는 하지만 다른 차원의 재료들을 다뤄보지 못했으니 더 정진해야 할 거야.

— 네가 준 것이 있잖아. 비록 도감뿐이기는 하지만 근호라면 충분할 거다.

— 그렇기야 하지. 하지만 기회가 닿는 대로 다른 차원의 재

료를 구입해서 연습을 하는 것이 좋아.

― 알았다. 그 이야기는 내가 해보마.

― 알았어, 형. 근호 아버님이 한때 차원통제사들과같이 일을 하셔서 알아서 할 테니 돈이 부족하면 우리가 지원을 하자.

― 그건 당연한 일이고.

근호 형의 특별한 능력을 향상시키기 위해 스페이스의 도움을 받아 세 가지 도감을 만들었다.

다른 차원의 몬스터와 식물, 광물 도감이다.

포션에 준하는 음식을 만드는데 도감만으로는 부족하기에 다른 차원의 재료를 다뤄볼 필요가 있다.

책으로 아는 것과 실제와는 다를 수도 있으니 말이다.

다른 차원의 재료를 구하는 데 우리가 직접 나설 수는 없기에 근호 형 아버지에게 말이 들어가게 할 생각이다.

분식점을 하시기 전에 차원통제사와 관계된 일을 하신 터라 우리가 나서지 않더라도 자식의 능력을 향상시키기 위해 나서실 테니 말이다.

한 접시밖에 되지 않지만 근호 형의 특별한 능력이 더해져 포만감을 느낄 수 있었기에 식당을 나섰다.

어느새 정리를 끝낸 근호 형도 우리와 함께 학교로 향했다.

오늘 강의는 대부분 마법진의 운용과 에너지의 흐름에 대한 실습이라 같은 조에 속한 우리들은 실습실로 가면서 과제에 대한 의논을 해야 했다.

현역 차원통제사가 강의하는 이번 특강에서는 다른 차원으로 넘어갔을 때 방어구를 만드는 방법에 대해서 배우는 것이었기 때문이다.

그야말로 실전적인 생존 방법에 대해서 배우는 것이었다.

차원통제사의 강의가 시작된 후 상당한 능력을 가지고 있는 사람임을 알 수 있었다.

야간학부라고는 하지만 차원정보학과 교수들의 강의 내용 질은 무척이나 높았는데, 차원통제사 또한 그에 못지않았기 때문이다.

실용적인 면에 있어서는 오히려 교수들의 강의를 능가할 정도였다.

방어구 제작법에 대한 강의가 모두 끝난 후에 실습이 진행됐다.

교수님들의 도움과 통제하에 실시되는 것이기는 하지만 학생들은 능력을 가지고 있지 않았음에도 다들 조별 과제를 훌륭하게 수행했다.

이번에 만든 방어구들은 몬스터와 대인 전투에 대한 훈련이 진행될 때 사용하게 되는데, 웬만한 전투 슈트보다 방어력이 뛰어나 다들 만족스럽게 강의를 끝낼 수 있었다.

그렇게 과제를 마치고 교수들과 학생들이 돌아가고 난 뒤에 우리는 강의실에 남아 대화를 나누었다.

이번에 실습한 과제에 대한 토론을 위해서이기도 하지만 암자를 떠난 후 수련 성과를 살펴보기 위해서였다.

과제에 대한 열띤 토론이 이어졌고, 다들 특별 강사가 강의한 내용을 다시 한 번 되새기면 자기의 것으로 만들 수 있었다.

토론이 끝난 후에 수련에 대한 대화가 이어졌다.

각자의 진도를 체크하여 궁금한 것을 물어보도록 했고, 앞으로 어떻게 해야 하는지 방향을 정해주었다.

스페이스가 각자의 상태를 실시간으로 체크를 하고 있는 터라 근호 형과 사인방에게 본 문의 절기들에 대해 설명하고 진도를 끌어 올리는 것은 그다지 어렵지 않았다.

아직 깨달음을 얻기는 어렵지만 1년 정도 지나면 삼환제령인을 수련할 단계에 오를 수 있을 것 같았다.

"이제 다들 기초는 뗀 것 같지만 어차피 2차 각성을 한 후에야 온전한 수련을 할 수 있을 거야. 오늘은 늦었으니 이만하도록 하자."

수련에 대한 지도를 끝내고 형이 마치자는 말을 하자 다들 고개를 끄덕였다.

"자, 나가자. 시간이 너무 늦었다."

다들 강의실을 나와 정문으로 향했다.

"근호야, 다른 차원의 식재료를 구할 수 있으면 한번 연습해

보는 것은 어떠냐?"

오늘 특강을 들으며 자극을 받았는지 성진이 형이 근호 형에게 물었다.

"아무래도 그래야 할 것 같다. 오늘 실습해 보니 이론으로 아는 것하고 실제는 많이 다른 것 같으니 말이다."

근호 형도 수긍을 했다.

"재료 값은 우리도 보태마."

"그럴 필요 없다. 아버지가 알아서 해주실 거다."

충분히 감당할 수 있는지 근호 형은 우리의 도움은 거절을 했다.

근호 형 아버지도 초창기에 차원통제사를 하셨으니 인맥을 통해 재료들을 구입할 수 있는 모양이다.

"그래, 형. 아버님이라면 충분하시겠지만, 혹시 모르니 말만해. 그래도 내가 장문이니 말이야."

"하하하! 알았다."

다같이 정문으로 내려간 후 근호 형은 자신의 집으로 곧장 갔고, 사인방은 버스를 타고 기숙사로 향했다.

사람들을 보낸 뒤에 우리도 주차장에서 차를 타고 집으로 갔다.

여전히 감시자가 머물고 있다.

'건물 주변에 걸려 있는 마법 때문에 안으로 들어갈 수 없어

서 주변만 맴도는군.'

본래 창고 주변에 마법진을 설치해 두고 있었다.

그러다가 혹시나 정체를 들킬지 몰라 작동을 정지시킨 후에 두 분 이모에 부탁해 새로운 마법진을 덧댔다.

거기다가 스페이스가 기존의 마법진을 연계해 강화를 시킨 터라 S급 진성 능력자라도 뚫기 어려운 상태라 주변만 맴도는 것이다.

문을 열고 집 안으로 들어간 후, 형과 함께 지하실로 내려가 수련에 힘을 썼다.

그동안 공간 마법진에 대한 수련만 했는데, 오늘부터는 대련을 위주로 투술을 수련했다.

에너지를 사용하지 않고 순순한 신체적 능력만 사용하는 것이라 형과의 대련은 아주 치열할 수밖에 없었다.

에너지 보유량을 제외하고 나면 육체적으로 본 문에서 가장 강력한 능력을 가지고 있는 사람이 성진이 형이었기 때문이다.

실전에 가까운 대련이 끝났다. 샤워를 끝마친 후 각자의 방으로 가서 잠자리에 들려고 하는데, 갑자기 전화벨이 울렸다.

삐리리리!

큰 이모에게서 걸려온 전화였다.

"큰 이모, 무슨 일이세요?"

― 내일 학교 끝나고 올 수 있니?

"또 의뢰인가 보군요."

— 그래.

"알았어요. 갈게요."

— 그래, 내일 보자. 푹 쉬고.

"이모님들도 안녕히 주무세요."

— 알았다. 너희들도 잘 자고.

전화를 끊고 스페이스를 호출했다.

— 스페이스, 무슨 일인지 알아봐.

— 예, 마스터.

큰 이모와 대화하는 소리를 들은 모양인지 스페이스에게 지시를 내리기 무섭게 성진이 형이 내 방으로 들어왔다.

"성찬아, 의뢰가 또 있다는 거냐?"

"그런 것 같아."

"이상하군. 이렇게 급하게 의뢰를 넣는 적이 없었는데 말이다."

"아무래도 우리에 대해서 확인하기 위해서일 가능성이 커 보여, 형."

"게이트가 닫혔는데 아무것도 알아내지 못했을 테니 그러기도 하겠지. 일단 자자. 내일이면 알 수 있을 테니 말이다."

"알았어."

스페이스가 알아보고 있는 중이니 뭔가 걸릴 것이다.

무엇 때문인지 확인하고 난 뒤에 자기로 하고 스페이스가 알려올 때까지 기다리기로 했다.

　— 마스터.

　— 뭔가 걸린 것이 있어?

　— 내부 통신망을 확인해 보니 공간 마법진을 익힌 것에 대한 내용이 많았습니다.

　— 무슨 내용인데?

　— 대부분 미확인 게이트 폐쇄에 동원된 유물 각성자에 대해서 조사한 내용들이었습니다. 국정원에서 예상한 시기는 일 년 정도인데, 마스터께서 예상보다 빠르게 익히고 게이트를 닫은 터라 관련 정보를 모으는 것 같습니다.

　— 차원 위상 에너지가 담기지 않은 장비가 반납되었는데, 게이트는 닫혔으니 그럴 만도 하겠군. 국정원이 앞으로 어떻게 움직일지 파악된 것이 있어?

　— 최소 A급 진성 능력자를 동원해 게이트를 직접 감시할 생각인 것 같습니다.

　— 알았어, 스페이스.

　'본격적으로 나설 모양이군.'

　아침 일찍 와달라는 두 분의 말씀대로라면 새로 의뢰받은 미확인 게이트에는 제법 괜찮은 능력자들이 이미 배치가 되어 있을 확률이 높다.

A급 진성 능력자라면 꽤나 귀찮아질 것이 분명하니 아무래도 다른 방법을 찾아야 할 것 같다.

잘못하면 우리가 유물 능력자가 아니라는 것을 알아차릴 수도 있으니 말이다.

'이번 의뢰는 아무래도 현화에게 부탁을 하는 것이 나을 것 같구나. 현화가 거느리고 있는 해결사들이 A급 능력자로 성장을 했으니 충분히 감당할 수 있을 거다.'

이번에는 나서지 않는 것이 좋을 것 같기에 큰 이모에게 받은 의뢰는 현화에게 맡기기로 했다.

현화는 물론 휘하에 있는 해결사들에게 내가 찾아낸 방법을 각인시킬 수 있으니 말이다.

그렇게 되면 많은 수의 해결사들이 공간 마법진을 익혔다는 것이 확인이 되고, 형과 나는 국정원의 관심에서 벗어날 수 있으니 말이다.

더군다나 게이트를 닫으며 발산되는 차원 위상 에너지를 흡수할 수 있을 테고, 그걸 기반으로 더 성장할 수도 있으니 그렇게 하는 것이 좋을 것 같다.

— 현화야.

— 깜짝이야.

갑작스럽게 연락을 한 탓인지, S급 진성 능력자답지 않게 현화가 많이 놀란 모양이다.

— 갑자기 무슨 일이야?

— 국정원에서 의뢰를 할 모양인데, 이번에는 그쪽에서 움직여야 할 것 같아.

— 감시가 붙은 거야?

— 그래. 아무래도 국정원에서 전수한 공간 마법진을 너무 빨리 익힌 것 때문인 거 같아.

— 미확인 게이트를 적시에 닫는 것 말고 다른 목적도 있는 것 같더니만…….

거느리고 있는 해결사들에게 미확인 게이트를 닫는 임무에 사용하라고 공간 마법진을 수련하는 방법을 보내서 그런지 현화도 국정원의 움직임을 알고 있었다.

— 역시, 너도 예상하고 있었구나.

— 그래, 국정원에서 제공한 공간 마법진은 그렇게 함부로 전수할 수 있는 것이 아니라서 뭔가 있다고 생각은 하고 있었어.

— 그렇구나.

— 앞으로 어떻게 할 생각이냐?

— 분명히 뭔가 목적이 있는 것 같으니, 최대한 알아내 봐야 할 것 같다. 너와 성진 씨는 어떻게 할 거냐?

우리 행동 방향에 따라 움직이겠다는 이야기였다.

— 우리가 닫은 게이트 때문에 감시가 강화된 모양이니 네 수하들이 움직여 줘야 할 것 같아. 우리는 아직 국정원에 노출이

돼서는 안 되거든.

— 무슨 말인지 알겠다. 물을 탈 생각이구나. 그렇다면 이번에 전파된 공간 마법진을 이용해 닫아야 할 것 같은데. 내가 거느리고 있는 해결사들은 아직 일 할도 익히지 못했어. 어떻게 하지?

— 그건 걱정하지 마. 사흘 후 정도면 능숙하게 다룰 수 있을 테니까 말이야.

— 방법이 있는 거야?

— 각인을 시킬 생각이야.

— 무슨 말인지 알겠어. 그런데 나도 각인해 줄 수 있어?

— 너도?

현화도 각인을 시켜 달라니 모를 일이다.

— 그래, 나도 필요할지 몰라서 말이야.

— 왜?

— 국정원의 이목을 흐리는 것도 좋은 작전이지만, 아예 추적할 수 없는 존재가 계속 게이트를 닫아 나간다면 너나 성진 씨는 완전히 감출 수 있을 것 같아서 그래. 내가 움직이면 훨씬 더 빨리 국정원의 이목을 흐릴 수 있기도 하고.

— 직접 움직이려고?

— 그래. 그러는 편이 더 안전할 수 있을 테니까.

— 알았어. 그렇게 하도록 할게. 각인 작업은 곧바로 시작할

거고, 의뢰에 대한 자세한 정보는 내일 저녁이나 전할 수 있으니까 준비하고 있어. 각인을 쉽게 할 수 있게 되도록이면 자고 있어.

— 알았어. 자고 있을게.

현화와 텔레파시를 끝내고 스페이스를 호출했다.

— 스페이스.

— 예, 마스터.

— 공간 마법진 운용과 에너지 흡수하는 방법을 각인시킬 준비를 해줘.

— 대상은 누구입니까, 마스터?

— 현화하고, 휘하에 있는 능력자들 전부다.

— 알겠습니다. 각인 작업을 진행하겠습니다. 먼저 관련 정보에 대한 추출을 시작합니다.

스페이스는 내 의식에서 공간 마법진과 에너지 흡수 방법을 추출해 능력자들의 성향에 맞게 가공을 했다.

— 진성 능력자와 유물 능력자별로 세팅을 끝냈습니다.

— 그럼 각인을 시켜줘. 지금 뭘 하고 있을지 모르니까 되도록 자는 시간에 하도록 하고.

— 알겠습니다, 마스터.

각인을 시킨 후에는 혼자서도 충분히 미확인 게이트를 닫을 수 있을 것이다.

나와 형은 중개인으로 알려져 있으니, 몇 군데 게이트가 닫히고 나면 우리에 대한 관심은 줄어들 터였다.

필요한 조치를 마쳤기에 얼마 지나지 않아 잠 속으로 빠져들었다.

내일부터는 아무래도 조심을 해서 움직여야 할 것 같다.

"감지된 미확인 게이트에 요원들을 배치했나?"

— 이미 끝났습니다.

"예상보다 유물 능력자들의 각성이 빨라진 것일 수도 있으니 반드시 원인을 찾아야 한다. 또한 다른 세력이 개입한 것일 가능성도 배제할 수 없는 상황이다. 요원들에게도 각별히 주의를 기울이도록 통보를 해라."

— 알겠습니다, 차장님.

국정원장인 강상진으로부터 브리턴 차원으로부터 전해진 공간 마법진을 해결사들에게 전수하라는 명령을 받고 이행했던 김민호는 이상 상황이 발생한 이후 마지막 조치를 마치고 의자에 앉았다.

"휴우, 차원을 넘어오는 몬스터를 상대하는 것보다 힘이 드는군."

전수하기는 했지만 유물 능력자들이 공간 마법진을 운용할 능력을 얻고, 더불어 차원 위상 에너지를 흡수하려면 최소 2년에서 3년 정도 걸릴 줄 알고 있었다.

하지만 예상과는 달리 세 달이 채 넘지 않아 장비 없이 게이트가 닫히는 사태가 발생하면서 비상이 걸렸다.

제7국에서 파악한 대로라면 유물 능력자인 해결사들로서는 불가능한 일이었기 때문이다.

이번 게이트 폐쇄에서는 차원 위상 에너지 수집 장치를 사용하지 않아 공간 마법진을 전수한 자들 중에 누가 움직였는지 파악하기는 어려운 상황이다.

유물 능력자들의 신뢰를 얻지 못할까 봐 차원 위상 에너지를 수집했을 때만 위치 추적 장치가 가동이 되도록 한 것이 너무나 뼈아팠다.

"분명히 중개인들에게 의뢰한 사건이니 조만간 누가 움직였는지 밝혀질 것이다."

누가 움직인 것인지만 밝혀내면 차원 위상 에너지를 어떻게 흡수할 수 있었는지 알아내는 것은 문제가 없었다.

유물 능력자들이 그토록 원하는 것을 들어줄 수 있을 뿐만 아니라, 막대한 금전적 이익을 제공할 수 있기에 설득하는 것은 쉬울 것이기 때문이다.

문제는 이 정보가 적대 세력에게 들어갔을 경우였다.

적의 손에 이번에 게이트를 닫은 이들이 넘어간다면 앞으로의 계획에 큰 차질을 빚을 수 있기 때문이었다.

"마지막으로 고 차장을 만나봐야겠군. 우리보다는 해결사들에 대한 정보를 많이 가지고 있을 테니 말이야."

제2국을 맡고 있는 고용석 차장은 국내 각성자를 담당하고 있었다.

워낙 꼼꼼한 성격이라 대부분의 능력자들을 추적 관리하고 있는 터라 이번에 게이트를 닫은 자에 대한 단서라도 얻을 수 있을 것 같기에 김민호는 서둘러 사무실을 나섰다.

다음 날, 하루 종일 수련한 뒤 근호 형네 가게로 가서 식사를 했다.

학교로 가서 오늘 있을 강의를 듣고, 강의가 끝난 뒤에는 곧바로 식당으로 갔다.

여전히 감시하고 있는 것을 확인한 후 식당 안으로 들어서니 두 분 이모가 우리를 자리에 앉히고는 야참을 만들어주셨다.

열무김치말이 국수였는데, 아주 시원하며 맛이 있었다.

야식을 먹고 난 후, 큰 이모가 말을 꺼냈다.

"성진아, A급 미확인 게이트에 대한 의뢰가 또 들어왔다. 해

차원 통제사

결사들 중에 공간 마법진을 구성하는 방법을 모두 익힌 사람이 있다면 일차적으로 의뢰를 맡기겠다고 그러더구나."

역시나 예상대로 국정원은 공간 마법진을 모두 익힌 우리를 찾고 있었다.

"국정원에서 뭔가 알아차리고 저와 형을 찾고 있군요?"

"그런 것 같다. 어떻게 할 거냐?"

"알아서 할 테니 걱정하지 않으셔도 될 거예요."

"무슨 방법이라도 있니?"

"공간 마법진을 익힌 유물 능력자들이 계속 나타나면 우리에 대한 관심도 줄어들 거예요. 지켜보다 보면 국정원에서 원하는 것이 무엇인지 알 수 있을 거고요."

"너희들 말고 전부 익힌 이들이 있는 거니?"

"꽤 되는 것으로 알고 있어요."

"으음, 쉽지 않은 일인데 정말 다행이구나. 그들이 활동을 시작한다면 얼마 지나지 않아 국정원의 관심에서 벗어날 수 있을 테니 말이다."

"그럴 거예요. 일단 의뢰가 뭔지 알려주세요. 우리가 직접 하지는 못하지만 중개인 노릇은 할 수 있을 것 같으니 말이죠."

"알았다. 알려주도록 하마."

큰 이모는 의뢰에 대해 설명을 해주기 시작했다.

게이트의 위치 좌표와 주변 상황에 대해 제법 상세하게 알 수 있었다.

미확인 게이트가 발생할 위치는 강원도 원주였다.

등급은 A급이었지만 현화의 휘하들이라면 장비 없이 게이트를 충분히 닫을 수 있는 수준이었다.

"알았어요. 그건 제가 해결하도록 할게요."

"직접 할 생각은 아니지?"

"그럼요. 국정원의 움직임이 잠잠해질 때까지 중개만 할 생각이에요."

"그렇게 해라. 그게 너희들을 위해서도 좋을 것 같으니 말이다."

"예, 큰 이모. 우리는 이만 갈게요."

"그래, 늦었다. 조심해서 가고."

"예."

식당을 나와 집으로 가지 않고 시내에 있는 PC방으로 갔다.

감시자가 따라오고 있었기에 일부러 PC방으로 이동했다.

간단히 의뢰를 할 생각이기에 선납으로 요금을 납부하고 배정받은 좌석에 앉아 마도 네트워크에 접속을 했다.

메일 프로그램을 연 후에 현화의 주소를 입력하고 간단한 암호로 된 의뢰서를 작성해 전송하고 형과 게임을 하다가 PC방을 나섰다.

나와 형을 감시하던 자가 메일 내용을 체크했을 테니 암호로 작성한 내용은 국정원에서 곧바로 해석이 될 테고, 우리가 의뢰를 중개하는 것으로 알 것이다.

— 나야.

PC방을 나와 차에 올라탄 후 현화에게 곧바로 텔레파시를 보냈다.

— 무슨 일이야?

— 의뢰에 대한 메일을 보냈다.

— 텔레파시가 아니라 메일을 보낸 것을 보면, 감시자가 있는 모양이다.

— 눈치 한번 빠르네. 맞아. 언제까지 닫을 수 있겠어?

— 내일 곧바로 닫을게. 네가 알려준 방법대로라면 충분할 테니까 말이야.

— 에너지 유입이 장난이 아니니까 대비해야 할 거야.

— 걱정하지 마. 실습 차원에서 전부 보낼 생각이니까.

— 전부 다 가면 문제없겠네. 수고해.

— 그래, 조심하고.

간이이기는 하지만 게이트를 닫을 때 유입되는 에너지를 흡수할 수 있는 방법도 알려준 터라 충분히 문제를 해결할 수 있을 터였다.

이번에는 위험을 고려해 전부 출동하는 것이지만 현화의 휘하들이 게이트를 닫는 것에 숙달되면 두 명이 한 조가 되어 충분히 활동할 수 있을 터였다.

— 형, 당분간은 수련에 전념해야 할 것 같으니까 마음의 준비를 해둬.

— 이제 본격적으로 시작하는 거냐?

— 형도 삼환제령인을 익힐 준비가 된 것 같아.

— 알았다.

미확인 게이트를 닫으며 에너지를 흡수한 것은 나뿐만이 아니다.

주된 것은 내가 흡수했지만 만약의 사태를 대비하고 있던 형도 많은 양을 흡수했고, 이제는 자신의 것으로 소화한 터라 본격적으로 삼환제령인을 수련할 수 있게 되었다.

형이 본성이 가진 의지에 더해 다른 의지를 세울 수만 있다면 한 단계 높은 경지로 나아갈 수 있을 것이다.

조금은 흥분했는지 집으로 향하는 차의 속도가 높아졌다.

집에 도착한 후, 삼환제령인을 형에게 전수했다.

텔레파시가 가능하게 된 후라 각인을 사용해 수련 방법을 전하고 형의 수련을 도왔다.

그동안 삼환명심법을 극성으로 수련한 덕분인지 삼환제령인에 대한 이해가 빨랐던 형은 새벽 무렵에 어느 정도 요체를 깨달을 수 있었다.

심법을 수련하는 것과 마찬가지라 밤을 새워도 별로 피곤하지는 않았기에 식사시간을 제외하고는 학교로 출발할 때까지 수련에 매달렸다.

학교로 가는 동안 현화에게서 미확인 게이트를 닫았다는 텔레파시가 왔다.

미확인 게이트를 닫으며 에너지를 흡수할 수 있었기에 휘하에 있는 해결사들의 능력이 향상되었다며 현화가 들뜬 목소리로 얘기했다.

간이로 만든 심법이지만 현화의 말대로라면 꽤나 효율적인 것 같았다.

그렇게 계획대로 진행이 되고 있다는 것을 확인한 후 강의를 마치고 집으로 돌아오는 길에 큰 이모에게 의뢰가 완료되었다는 것을 알렸다.

그리고 당분간 수련을 해야 하기에 시간이 아까워서 의뢰는 전화로 받기로 했다.

집으로 돌아온 후 또다시 수련을 시작했고, 그런 날들이 거의 한 달간 이어졌다.

그동안 큰 이모는 열 개의 의뢰를 알려왔고, 현화의 휘하들은 장비를 사용하지 않은 채 모든 의뢰를 완료했다.

그중 다섯 개의 의뢰는 해결사 세 명이 한 조를 이루어 처리했을 정도로 현화의 휘하들은 공간 마법진을 이용해 게이트를 닫는 데 숙달이 되었다.

형도 상당한 성취를 이룰 수 있었다.

한 달이 지날 무렵, 드디어 삼환제령인을 이용해 또 다른 의지를 세울 수 있었던 것이다.

의지를 세운 형에게 전투 슈트에 에고 시스템을 적용하기를 권했다.

"그게 가능한 거냐?"

"가능해. 나도 이미 해봤어."

"그렇게 하면 어떤 장점이 있는 거냐?"

"형이 일일이 신경을 쓰지 않아도 전투 슈트의 에고가 상황에 맞게 최적의 형태로 작동을 하게 되지."

"다른 위험성은 없고?"

"형의 자아가 에고가 된 거라 위험한 것은 없어. 오히려 장점이 더 많지."

"무슨 장점이 더 있다는 거냐?"

"일단 삼환제령인을 상시 운용할 수 있게 되서 수련에 도움이 될 거야. 그리고 전투 슈트가 에고 시스템을 통해 진화할 수도 있고 말이야."

"전투 슈트가 진화한다는 말이냐? 현화 씨나 근호, 그리고 사인방에게 준 것도?"

"그래. 입문식할 때 준 전투 슈트들은 모두 진화할 수 있는 것들이야. 자신의 의식을 통해 만들어진 에고 시스템이라 지금까지 나온 그 어떤 전투 통제 시스템도 따라갈 수 없는 성능을 발휘할 수 있을 거야. 어때, 할 거지?"

"알았다. 네가 그렇다면 에고로 만들어야지. 바로 시작하도록 해라."

형은 에고 시스템에 대해서 묻지도 않고 곧바로 하겠다고 한다.

의문을 가질 만도 하건만, 언제나 나를 믿어주는 형이 고마울 뿐이다.

"그럼 전투 슈트를 활성화시키고, 가부좌를 틀고 앉아서 삼환제령인으로 새로운 의식을 불러. 나머지는 내가 할 테니까 말이야."

"알았다."

형은 두말없이 전투 슈트를 불러낸 후, 곧바로 삼환명심법을 운용하여 삼환제령인으로 이번에 새롭게 정립한 의식을 불러냈다.

— 스페이스, 시작해.

— 예, 마스터.

나는 스페이스의 도움을 받아 곧바로 형의 의식에 각인을 시작했다.

형이 정립한 새로 세운 자아를 전투 슈트의 에고 시스템으로 이끌기 위해서다.

전투 슈트와 의식이 일체화되는 것과 동시에 스페이스가 마법진을 가동했다.

'빠르게 활성화되는구나.'

눈부신 하얀 광채가 형이 입고 있는 전투 슈트에 맺히기 시작했다.

'에고 시스템이 활성화되면 형은 또 다른 의식을 가지게 될 것이다.'

스페이스 말로는 9클래스의 정신계 마법이라고 한다. 형의 새로운 의식이 에고가 되기는 하지만 언제든지 본래 의식과 합일될 수 있다고 한다.

그렇다고 에고가 사라지는 것은 아니다.

삼환제령인이 만들어낸 새로운 의식이 투영되었기에 여전히 자의식을 가진 에고가 작동하게 된다.

한마디로 삼환제령인의 성취 없이도 또 하나의 의식이 생기는 것이나 다름없는 것이다.

얼마 지나지 않아 광채가 사라졌다.

전투 슈트의 외형에는 변화가 없었지만, 흘러나오는 기세를 보면 성능이 달라졌다는 것을 알 수 있었다.

"대단하다, 성찬아."

"굉장하지?"

"그래. 이런 감각은 처음이지만, 전투 슈트의 미세한 부분까지 온전히 다 느껴진다."

"당분간은 적응하는 데 노력을 해야 할 거야. 적응이 끝나고 나면 삼환제령인의 다음 단계가 훨씬 수월해졌다는 것을 알 수 있을 테니까 말이야."

"알겠다. 노력하도록 하마."

"빨리 안정화시키는 것이 나으니까 당분간은 삼환명심법을 수련하도록 해. 그리고 나서 안정화가 끝난 후에 뭔가 느낌이 오면 삼환제령인으로 에고를 한번 불러내 봐. 형에게 좋은 동반자가 될 수 있을 거야."

"그렇게 하마."

전투 슈트의 에고 시스템을 활성화한 이후, 형은 전보다 수련에 심혈을 기울였다.

에고 시스템이 장착된 전투 슈트를 착용하게 되면 감각적인 면과 운용적인 면에서 S급 진성 능력자와 비슷해지기 때문에 한시라도 빨리 적응하기 위해서였다.

제 5 장

현화의 휘하에 있는 해결사들이 장비도 없이 미확인 게이트를 닫기 시작했다.

나중에 휘하로 끌어들인 이들까지 장비 없이 의뢰를 수행하는 것이 가능하자 국정원의 감시가 사라졌다.

해결사들이 무리 없이 게이트를 닫아서 감시를 거둔 것이 아니다.

공간 마법진을 수련할 수 있는 방법을 알아내지 못했다면 계속해서 감시를 했을 테지만, 내가 현화 휘하의 해결사를 통해 일부러 유출한 덕분이었다.

유출한 수련법은 완벽한 것이 아니다.

수련을 완성하면 게이트를 닫을 수 있을 정도의 위력을 지니고 있고, 일부나마 차원 위상 에너지를 흡수할 수 있는 것이었다.

국정원의 감시가 사라진 후, 형과 나는 학교를 다니며 간간이 의뢰를 수행을 했고, 방학이 되면 근호 형과 사인방과 함께 암자로 가서 수련에 매진했다.

그런 생활이 지속되고 3학년 겨울 방학이 끝날 무렵에는 다들 삼환명심법의 성취가 높아져 삼환제령인으로 새로운 의식을 정립할 수 있었다.

삼환제령인으로 새로운 의식을 정립하자 형과 마찬가지로 다들 전투 슈트에 에고 시스템을 장착할 수 있었다.

생각하지 못했던 것은 예상외로 S급 진성 능력자인 현화의 성취가 늦었다는 것이다.

능력이 높은 S급 진성 능력자지만, 여러 가지 능력을 각성한 멀티 능력자라서 새로운 의식을 정립하기가 어렵기 때문이었다.

그렇지만 현화는 근호 형이나 사인방과는 달리 다른 사람들에 비해 전투 슈트를 완벽하게 사용할 수 있었다.

근호 형이나 사인방은 가지고 있는 능력을 완전히 각성한 상태가 아니라서 전투 슈트를 활성화시키고도 일부분만 사용할 수 있었다.

4학년이 된 후부터 우리는 성지라고 불리는 샴발라에 갈 준비를 하기 시작했다.

차원정보학과를 졸업한다고 해도 샴발라에 가기 위해서는 국가에서 실시하는 시험에 통과해 자격이 된다는 것을 증명해야 하기 때문이었다.

4학년 여름 방학이 시작되어 암자에서의 수련이 끝날 무렵에는 시험 준비마저도 끝이 났기에 다들 그동안 수련한 것들을 가다듬으며 학교를 다니는 중이었다.

수련이외에도 성지인 샴발라로 갈 준비가 전부 끝난 상태라 형과 나는 아르바이트에 매달리고 있는 중이다.

의뢰가 아니라 아르바이트인 것은 미확인 게이트에 대한 국정원의 처리 방침이 바뀌었기 때문이다.

3학년 때까지는 게이트를 닫는 의뢰를 맡기더니 올해부터는 조사와 마킹만 해결사들에게 맡기고 있다.

해결사들이 마킹을 하면 국정원에서 직접 움직이며 게이트를 닫는 것으로 바뀐 것이다.

이렇게 된 것은 게이트 발생을 감지하기가 점점 어려워져서다.

열려진 게이트에서 흘러나온 차원 위상 에너지로 인해 지구 대차원의 기반 에너지가 변화를 일으키고 있어 기존의 감지기로는 미확인 게이트를 감지하는 것이 상당이 어려워졌던 것이다.

이상하게도 국정원의 지침이 바뀐 후부터는 이모님들은 우리에게 의뢰를 맡기지 않았다.

현화에게 우리가 의뢰를 중개하는 것도 못하도록 하고 이모들이 직접 의뢰를 주기 시작했다. 덕분에 우리는 아르바이트를 할 수밖에 없었다.

지금도 제임스 윤이 중개한 아르바이트 형식의 의뢰를 수행하기 위해 공사장에서 일하고 있는 중이다.

드드드드드드!

퍽!

콰—직!

'크으윽, 더럽게 아프네.'

해머 드릴로 에너지 배관이 들어갈 자리의 콘크리트를 까내다가 강도가 예상보다 허술해 갑자기 밀려나는 바람에 정통으로 검지를 찧었다.

딴생각을 하고 있었기 때문에 미처 대처하지 못한 것 때문이기도 하다.

'별 이상은 없겠군.'

손가락이 완전히 짓이겨졌는데도 피가 나오지 않는다.

그것만이 아니라 아주 빠른 속도로 아물어가고 있다.

다른 차원의 몬스터인 트롤처럼 손가락이 재생하고 있는 것이다.

손톱이 뭉그러지며 고통이 찾아왔지만, 행여 누가 볼 새라 조심스럽게 주위를 살폈다.

다행스럽게도 주변에 나 혼자뿐이었다.

'쩝! 식겁했네. 다행히 본 사람은 없는 것 같구나.'

2차 각성을 하지 않았는데도 A급 진성 능력자를 초월하는 재생 능력에 손가락을 감추며 끝나기를 기다렸다.

"성찬아! 다쳤냐?"

작업을 갑자기 멈춘 때문인지, 성진이 형이 소리치며 내가 있는 곳으로 왔다.

'에고, 귀도 밝아요. 금방 났겠지만……'

이런 상태를 본다면 성진이 형이 기겁할 일이라 재생이 되어가는 손가락을 재빨리 입으로 가져갔다.

"성찬아, 또 찢었냐? 쯧, 쯧! 한두 번 해본 일도 아닌데 칠칠치 못하게. 어디 봐라."

"쩝! 살짝 스쳤어."

내보인 손가락은 어느새 다 아물어 있었고, 손톱 위로 약간 긁힌 정도만 보인다.

"살짝 스쳐서 다행이다. 해머 드릴 힘을 이기지 못하고 손가락 나간 사람이 한둘이 아닌데 말이야."

"그러게. 운이 좋았지, 뭐."

"작업도 이제 얼마 남지 않았으니 조금 쉬고 난 다음에 천천히 해라."

"알았어."

말을 마치자 곧바로 텔레파시가 들려온다.

─ 평범한 사람처럼 행동하는 것은 좋지만 조심해라. 다쳐도 금방 아무는 것을 보면 의심을 살 수도 있으니 말이다.

─ 알았어, 형.

─ 이제 좀 쉬어라.

앉아서 쉬려고 하자, 성진이 형이 내가 작업한 콘크리트 구조물을 손으로 몇 번 만져 보더니 떨어져 나온 것을 비벼본다.

"콘크리트가 아니라 이건 완전히 모래 가루구나."

"너무 쉽게 부서지는 것 같아."

"개새끼들! 건물을 이렇게 날림으로 지어? 성찬아, 이제 더 이상은 못 참겠다."

지금까지 꾹꾹 눌러 참아오던 것이 터진 듯 성진이 형의 얼굴이 붉어졌다.

업계에서 꽤나 알아주는 베테랑이 저 정도로 얼굴이 붉어졌다면 꽤나 화가 났다는 반증이다.

"형!"

"술값 좀 주지 않았다고 배관을 빼버리다니. 개자식들! 가만

두면 안 될 것 같다."

"아직은 그냥 놔둬, 형."

"아니다. 이러다가 틀림없이 사고가 난다. 사고가 나면 현장에 있는 인부들도 위험하고 말이다. 현장 소장 놈도 끼어 있는지 확인만 하면 의뢰받은 조사도 모두 끝나니, 오늘로 마무리하자."

성진이 형의 안색이 풀어지지 않는 것을 보니 오늘 결판을 낼 모양이다.

'하긴, 이대로 계속 올라가면 위험하기도 하고. 형 말대로 조사는 이미 다 끝났으니까.'

벌써 3층 슬래브를 치기 위한 작업이 시작되고 있어 더 이상 두고 볼 수 없는 상황이다.

공사 중에도 그렇고, 무사히 완공이 된다고 하더라도 자칫 붕괴로 이어질 수 있으니 말이다.

더군다나 현장 소장도 이번 의뢰의 대상인 이상, 확인이 필요한 것도 있고 말이다.

"그럼 조심해. 만만한 놈들이 아닌 것 같으니 말이야."

"알았다. 갔다 오마. 준비하고 있어라."

"알았어."

형이 현장 소장을 만나러 가는 것을 보며 다시 한 번 손가락을 빨았다.

외상은 다 나았지만 형이 볼까 봐 외상에 집중하다 보니 내부에 신경은 아직 복구 중이다.

형이 움직인 이상 무슨 사달이 날지 모르니 빨리 회복시켜 준비하고 있는 편이 좋았다.

'새끼들, 아주 작정을 했어요. 저걸 작업이라고……'

작업하고 있는 콘크리트 구조물을 바라보니 군데군데 숭숭 뚫려 있는 구멍을 보니 작정하고 벌인 일이다.

'저렇게 눈에 띄게 작업을 해놓고도 아무도 모르기를 바랐나? 조사만 하면 되니 그 자식들을 건드리지 않아도 되기는 하지만, 성진이 형이 저런 것을 보고도 가만히 있을 사람은 아니지.'

나와 성진이 형은 지금 에너지 배관 공사 파트에서 일한다.

콘크리트 작업 전에 에너지 배관을 설치하고 나중에 배선과 콘센트, 각종 등과 동력 기구를 설치하는 것이 우리가 맡은 일이다.

슬래브에 콘크리트를 치기 전에 엮여져 있는 철근 사이로 배관 작업을 한다.

배관과 배관을 잇는 컨트롤 박스를 설치하는 작업이 끝나고 나면 콘크리트를 타설하는 작업이 진행이 된다.

콘크리트 작업이 끝나면 바이브레이터를 이용해 철근에 진동을 줘서 다져 넣는 작업이 진행을 하는데, 천공이 생기는 것을 막는 것이다.

여기서 문제가 생겼다.

배관과 박스 작업을 마쳤을 때 콘크리트 작업 조장이 우리가 작업한 것으로 인해 자신들의 작업이 배로 힘들어진다는 이유로 술값을 요구했다.

배관과 컨트롤 박스로 인해 천공이 더 많이 생긴다는 이유에서였지만 형이 묵살해 버렸다.

바이브레이터로 진동을 하는 작업이야 본래 해야 하는 것이었고, 정해진 시방서대로 한다면 아무런 문제가 없기 때문이다.

그런데 우리가 작업을 마치고 공사장을 떠나자 배관과 컨트롤 박스를 빼버리고 콘크리트를 타설해 버렸다.

아래층 작업을 작업할 때는 장난처럼 배관 안과 컨트롤 박스 안에 콘크리트를 집어넣더니 말이다.

이런 경우 콘크리트 양생이 끝나면 배관을 다시 깔기 위해 콘크리트에 홈을 파야 해서 우리 작업이 지연되기는 하지만 문제는 그것이 아니다.

놈들이 그렇게 한 이유는 술값을 주지 않는 것에 앙심을 품어 그런 것이 아니기 때문이다.

놈들은 콘크리트 구조물의 부실을 우리에게 덤터기를 씌울 목적으로 그렇게 했다.

증거는 양생이 끝나고, 패널을 떼어낸 뒤에 나타난 콘크리트다.

배관이 있어야 할 곳 말고도 다른 곳까지 천공이 많으니 말이다.

'바이브레이터 작업도 보여주는 식으로 설렁설렁 작업하거나 아예 하지 않은 것이 분명하다. 현장이 크니까 적어도 레미콘 서너 대 분량의 콘크리트를 빼돌렸을 것이다. 가격이 비싼 강화제도 그렇고. 이런 정도면 현장 소장이 모를 리도 없고. 꿩 먹고 알 먹자는 식인가?'

진흙에 송곳으로 금을 긋듯 해머 드릴로 잘 까이는 것을 보면 보나마나 배합 비율이 엉망일 것이다.

콘크리트 양생이 끝나고 나면 제대로 됐는지 검사를 한다.

표면에 나타난 천공으로 볼 때 육안 검사만으로도 불합격일 테지만, 이 정도면 강도 측정에서도 불합격이 확실하다.

콘크리트 타설 조장과 아삼륙인 현장 소장이 이런 상황을 절대 모를 수가 없다.

건물이 올바로 세워지고 있는 감시하는 감리하고도 짜고 치는 고스톱일지도 모른다.

'기초가 저렇게 부실하면 허물고 다시 지어야 할 거고. 부채가 많다고 하니까 콘크리트 구조물을 철거한 뒤에 재건축에 들어가면 빠듯하게 예산을 세운 건축주가 견딜 수가 없을 테지. 그걸 알고도 이러는 것을 보면 자연스럽게 꿀꺽할 셈인 것 같은데. 이거, 형만 괜히 고생하는 것이 아닌지 모르겠구나.'

콘크리트 작업조에 속해 있는 놈들과 대화할 때 표정을 보면 현장 소장도 한패거리가 분명했다. 사촌 형이 항의를 한다고 해서 들어줄 인간이 아니다.

불합격이 나오면 우리에게 덤터기를 씌우고, 지금까지 쌓아올린 것들을 헐고, 재건축할 수 없는 건축주의 사정을 이용해 이 땅을 헐값에 빼앗기 위해서 작정하고 들어온 놈들인 것 같으니 말이다.

아마도 쇠귀의 경 읽기 식으로 형 혼자만 떠들다가 돌아올 터였다.

문제는 그다음일 것이다.

아직까지 문제가 밝혀져서는 곤란한 놈들이 가만히 있지 않을 테니 말이다.

'그놈들이 이 땅을 이렇게까지 하면서 비밀리에 원하는 이유를 아직까지 알아내지 못했는데 곤란하게 됐군.'

놈들은 소리 소문 없이 아주 자연스럽게 이 땅을 갖길 원하고 있는 것 같다.

지금까지 조사한 것을 보면 그냥 헐값에 건물을 빼앗자는 행동이 아닌 것 같으니 말이다.

헐값에 얻기를 원했다면 이렇게 어렵게 돌아가지 않고, 조폭들이 즐겨 쓰는 방법을 썼을 것이다.

건축주를 잡아다가 거의 죽음에 이를 정도로 조리를 돌리고 가족을 들먹이며 협박을 했다면 간단하게 빼앗는 편이 훨씬 수월했을 테니 말이다.

의문을 가지고 조사를 진행하는 동안, 여러 가지 정황상 이 땅에 비밀이 있다는 것을 느낄 수 있었다.

'이모들이 이 땅에 어떤 비밀을 있는지 알아봐 달라고 한 것도 아니고, 의뢰받은 것은 완수했으니 그냥 이대로 끝내는 것이 낫겠다.'

형과 내가 이 공사판에 끼어든 것은 두 분 이모의 의뢰 때문이다.

태연파의 조직원들이 이곳에서 뭘 하고 있는지에 대한 조사가 우리가 맡은 일이다.

이 땅에 얽혀 있을 비밀은 의뢰와는 전혀 상관없는 일이지만, 그렇다고 개인적으로 관심이 없는 것은 아니다.

오히려 관심이 아주 많다고 할 수 있다.

태연파가 관련이 된 이상 지난 일과 연관이 있을 수 있으니 말이다.

'태연파에 대해서는 별도로 알아보자.'

"쩝!"

입에 넣어두었던 손가락을 빼냈다.

'완전히 다 나았군.'

움직이는 것이 자연스러운 것을 보면 신경도 다 복구가 된 것 같고, 상처의 흔적도 아예 사라지고 없었다.

'그나저나 신기하단 말이야. 피도 나지 않고, 이렇게 금방 아물어 버리니 말이야. 상처가 났을 때 느껴지는 고통도 전보다는 훨씬 많이 줄어들었고.'

원래부터 이런 몸은 아니었다.

남들처럼 상처가 나면 피도 나고, 치료를 받은 후 완치되기까지 상당한 기간이 걸렸다.

판타지에나 나올 법한 트롤 같은 재생력을 지니게 된 것은 정확히 몇 달 전 사고가 일어난 뒤부터였다.

'그때 잘못했으면 죽을 뻔했지.'

두 분 이모의 의뢰를 받고 한남동에 위치한 컴퓨터 회사의 서버 확장 공사에 끼어들었다.

작업 도중에 사고가 났다.

갑자기 메인 컴퓨터에 과부하가 걸리면서 폭발이 일어났고, 천정과 벽이 무너지며 덮쳤던 것이다.

틈바구니 사이에 있었다고 다치지 않았던 것이 아니다.

비스듬하게 떨어진 슬래브로 인해 양쪽 다리가 으깨졌고, 양손은 메인 컴퓨터에서 발생한 스파크로 인해 화상을 입었다.

중상을 입어 스페이스에게 도움을 요청하려고 했지만 굳이 그럴 필요가 없었다.

아픈 고통은 잠시였고, 스스로 회복하기 시작했기 때문이었다.

'어찌된 연유인지는 몰라도 갑자기 이런 말도 안 되는 재생 능력이 생겼지.'

각성을 한 것도 아닌데 상처들이 재생되고 있었다.

마법을 사용하지 않은 상태에서 자가 치유력만으로 신체를 재생시키는 것은 진성 각성자라도 절대 발휘할 수 없는 능력이다.

남들에게 절대 알리지 못할 비상식적인 재생력이 생겨 버린 것이다.

어째서 이런 능력이 생긴 것인지 스페이스에게 알아보도록 이야기했지만 원인을 찾지 못했다.

나에게 이런 능력이 생겼다는 사실은 성진이 형에게도 말하지 않았다.

능력이 생긴 것이 2차 각성 때문이라고 한다면 형과 내가 세워 놓은 계획에 큰 차질이 생기기 때문이다.

'일주일 전에 학교에서 시행한 사전 테스트 때는 아무 문제가 없었으니 그곳으로 가는 데 별일 없을 것이다. 일단 형이 돌아오기 전에 작업이나 마무리하자.'

걱정한다고 해결될 일이 아니기에 일단 해머 드릴을 집어 들었다.

에너지 배관이 위치할 장소를 따라 콘크리트를 까는 작업은 이제 어느 정도 마무리가 되어가고 있는 중이라 빨리 끝내놓고 볼 일이다.

일이 터지지 않는다면 놈들이 트집을 잡을 일을 만들지 않는 것이 좋으니 말이다.

드드드드드!

콘크리트가 빠르게 부서져 나가며 배관을 넣을 자리가 손가락 두 마디 깊이로 파였다.

단단하기 그지없는 강화 콘크리트라면 절대 있을 수 없는 일이다.

사실 손을 쩰은 것도 콘크리트가 너무 쉽게 까여서 벌어진 일이다.

단단히 힘을 줬는데 콘크리트가 힘없이 부서지며 해머 드릴이 그대로 밀려났기 때문이다.

하중을 받는 부분에 이렇게 형편없게 콘크리트 작업을 하다니, 정말 미친놈들이다.

워낙 빠르게 작업이 진행되어서 그런지 얼마 지나지 않아 끝낼 수 있었다.

배관 자리가 회로기판처럼 콘크리트 구조물 전체에 만들어졌다.

"휴우, 다 끝났구나."

먼지가 가라앉기를 기다렸다가 쓰고 있던 방진 마스크를 벗었다.

"형이 올 때까지 좀 쉬자."

쌓아놓은 배관 위에 앉았다.

'콘크리트는 개판이지만 누가 설계했는지 에너지 배관은 정말 대단하단 말이야.'

콘크리트에 새겨진 배관 라인을 보면 에너지와 마력을 교차로 사용할 수 있게 되어 있다.

나름 이 계통에서 짬밥을 많이 먹었는데, 이런 종류의 마력 배관을 처음 보는 것이었다.

'배관 설계자에 대해서는 의뢰가 끝난 후에 알아보자.'

배관 설계를 유심히 살피고 있는데, 저만치서 형이 분한 얼굴로 씩씩거리며 온다.

"에이, 나쁜 새끼!"

'역시 현장 소장도 끼어든 건가?'

성진이 형이 욕을 하며 오고 있는 것을 보니 예상한 대로 현장 소장에게 까인 모양이다.

"확인은 했어?"

"내 말이 씨알도 안 먹히더라. 태연과 부두목 새끼와 함께 있는 것을 보면 현장 소장 놈도 한통속이 분명한 것 같다."

"어차피 갈 때부터 그럴 줄 알았잖아, 형. 지금 너무 흥분한 것 같아."

"휴우, 알았다. 그런데 벌써 작업을 끝낸 거냐?"

"현장 소장도 똑같은 새끼인데, 시비를 걸러 올 것 같아서 말이야. 이 정도면 괜찮겠지?"

"잘했다. 내 동생이지만 작업 하나는 정말 FM이다. 중개인에게 조사한 내용을 건네주면 저걸 쓸 일은 없겠지만 말이야. 이제 의뢰를 끝낸 것 같으니 그 새끼들 오기 전에 어서 참 먹고 학교나 가자."

엉덩이에 묻은 먼지를 털고 앉아 있던 배관에서 일어났다.

'꿀꺽! 침 넘어가네.'

공사 현장의 식당으로 갈 시간이다.

둘이 먹다가 하나가 죽는지도 모를 정도로 아주 맛있는 라면을 먹으러 간다고 생각하니 저절로 침이 고였다.

현장에서 멀리 떨어지지 않은 식당으로 갔다.

'주변에 식당도 많은데도 여전히 붐비는구나.'

참을 먹을 시간이어서도 그렇지만 식당을 하시는 두 분 이모의 음식 솜씨가 워낙 좋아서 그런지 사람들이 붐볐다.

"장사가 항상 잘되네. 다른 공사장 인부들도 오는 것 같으니 말이야."

"이모님들 음식 솜씨가 끝내주잖아, 형."

"그렇기는 하지."

"그나저나 이모님들이 여기에 식당을 차린 이유가 있을 텐데 알아봤어, 형?"

"우리가 알아본다고 정보가 쉽게 얻어지겠냐? 이모들이 어떤 분들이신데."

"그렇기는 하지."

"배고프니 어서 들어가자. 저녁 먹을 시간도 얼마 없는데 얼른 먹고 학교나 가자."

"응."

형을 따라 식당 안으로 들어갔다.

"이모! 여기 계란 동동 라면 두 그릇!"

"알았어. 어서 자리에나 앉아."

성진이 형이 익숙하게 주문을 하자 수더분하게 생긴 식당 사장인 인숙 이모가 주문을 받았다.

"자, 여기."

"우와! 맛있겠다."

다소 귀찮은 주문임에도 얼마 지나지 않아 라면이 나왔다.

흰자를 먼저 넣어 끓인 후 노른자는 생으로 올려놓은 것이 아주 먹음직스러워 보인다.

"너희들은 식성도 참 특이해. 맛있게들 먹어라."

"예, 큰 이모."

"잘 먹겠습니다."

김이 나는 국물에 생 노른자를 휘젓듯 풀었다.

뒤이어 식탁 위에 놓인 고춧가루를 뿌리고 잠시 기다렸다.

풀어진 노른자가 국물에 약간 익기를 기다리는 것이다.

"쓥! 맛있겠다. 성찬아, 먹자!"

후르르륵!

"우워, 쩝! 쩝! 죽인다."

어느새 형이 감탄한 표정을 지으며 면발을 씹고 있다.

"쓰읍! 맛있겠다."

보기만 해도 군침이 당기는 면발을 눈으로 확인하며 젓가락
으로 면을 집어 들었다.

후르르륵! 쩝! 쩝!

작은 이모님의 라면 끓이는 솜씨는 정말 최고다.

노른자로 인해 걸쭉해진 국물이 면발과 함께 따라 올라와 입
안으로 들어가니 환상이다.

"크으, 끝내준다."

쫄깃한 면발과 함께 계란 고소함이 MSG 특유의 감칠맛과 함
께 입안을 자극하는 중이다.

"아차, 김치."

아삭!

라면 맛에 너무 정신이 팔려 있었다.

이모님들이 직접 담근 잘 익은 김치를 입에 넣고 씹었다.

'으으음! 환상이다.'

면발과의 조화도 그렇고 김치의 식감이 기가 막힌다.

"캬아! 이 맛이지!"

성진이 형이 주방을 향해 엄지를 들어보였다.

나도 인정하기에 주방을 향해 고개를 꾸벅 숙였다.

"호호호, 녀석들도. 얼른 먹어라. 붇겠다."

"꿀꺽! 예, 이모."

"쩝! 잘 먹을게요. 이모님들. 아주 맛있어요."

환하게 웃는 이모님들을 본 후, 본격적으로 라면을 흡입하기 시작했다.

후후, 행복하다.

후르르륵!

쩝! 쩝! 쩝!

우적! 우적!

면발을 두어 번 씹은 후, 잘 익어 시큼해진 김치를 젓가락으로 집어 입으로 가져갔다.

형과 나는 한동안 말없이 같은 행동을 반복했다.

이 기가 막힌 식감을 끊기 싫어서다.

작업을 할 때처럼 오직 라면에만 집중하며 먹다보니 어느새 면발이 사라지고 없다.

탁!

"에유, 면은 벌써 다 먹었네. 면발을 그냥 마시는구나, 마셔! 자, 점심에 남은 찬밥이야. 말아서 먹어."

"하하하, 역시 큰 이모야."

"고마워요, 큰 이모님."

너스레를 떠는 형을 따라 인사를 했다.

처음 뵀을 때부터 언제나 우리에게 잘 대해주시는 고마움 때문이다.

사실, 이 현장에 오기 전까지 형과 나는 두 분 이모를 한동안 만나지 못했다.

중개인으로부터 아르바이트나 다름없는 의뢰를 받아 일을 했기 때문이다.

"고맙기는, 어차피 남는 거 챙겨주는 건데, 뭘! 그리고 김치를 조금 담아놨으니까 갈 때 가져가고. 김치 통은 꼭 챙겨 와야 한다."

"고마워요, 이모."

"고맙습니다."

"호호호! 김치도 남는 거니 너무 어려워하지 말고."

"큰 이모! 잘 먹을게요."

"그래, 얼른 먹어. 학교 가야 하잖아."

"하하하, 예."

"예, 이모님."

'고마워요, 큰 이모님. 이 은혜 나중에 꼭 갚을게요.'

반찬이 떨어질 때면 어떻게 아는지 꼭 김치를 챙겨주는 큰 이모님이다.

어떨 때는 친이모같이 느껴진다. 언제인지는 모르지만 은혜를 갚을 날이 있을 것이다.

큰 이모님에게 고마움을 느끼며 걸쭉한 라면 국물에 찬밥을 말아 김치와 함께 맛있게 먹었다.

"끄윽! 잘 먹었다. 이제 가자."

"큰 이모, 잘 먹었어요."

"그래, 늦겠다. 어서들 가라. 내일도 오고."

"예."

큰 이모님이 손을 흔드는 것을 본 후, 식당을 나와 곧장 주차장으로 향했다.

'오늘은 그냥 지나갈 모양이군. 오늘 종강할 확률이 높은데, 잘됐다.'

이 공사장에 작업을 하고 있는 놈들이 움직이지 않을 것 같으니 잘된 일이다.

강의 시간에 늦지 않게 도착할 것 같다.

공사장에서 학교까지는 차를 타면 얼마 안 되는 거리다.

작업이 일찍 끝나서 조금이라도 공부를 하고 수업에 들어갈 수 있다는 생각에 발걸음이 가볍다.

"어이!!"

'젠장! 어쩐지…….'

일이 터지지 않을 거라고 생각했는데, 섣부른 예단이었나 보다.

자재 창고를 지나칠 즈음, 누군가 부른다. 콘크리트 타설 작업을 맡고 있는 강홍성이라는 자다.

'그냥 가기는 그른 것 같군.'

강홍성은 무척이나 거친 인상을 가지고 있다.

인천을 주름잡고 있는 조직의 행동 대장다운 모습이다.

"성찬아, 그냥 가자."

"아이, 새끼들아. 사람이 불렀으면 대답을 해야지."

성진이 형이 재촉하며 소매를 잡아끌자 강홍성이 욕을 하며 다가왔다.

의뢰가 끝나 중개인에게 알리기만 하면 되는데, 아무래도 오늘이 무슨 날인가 보다.

'할 수 없지. 그냥 보내줄 것 같지는 않으니 말이야.'

형을 바라보니 내 심중을 알아차린 모양이다.

― 형, 의뢰는 끝났지만 손을 좀 봐줘야 할 것 같지?

― 그래, 나도 그냥 가기 찜찜했는데, 잘됐다.

작정하고 온 것 같아 마음을 굳혔다.

이대로 끝내기는 좀 섭섭하기도 하고 말이다.

"왜 그러는 거지?"

"하아! 이 새끼 봐라."

내가 반문하자 홍성이 인상을 구겼다.

"나 새끼 아닌데."

"이 새끼가 개기네!"

홍성이 험악하게 노려본다.

나와 형을 바라보는 눈길에 살기가 담겨 있다.

예상한 대로다.

우르르르르!

홍성의 목소리가 커지자 콘크리트 작업 조원들이 자재들 뒤에서 뛰어나와 우리를 둘러싼다.

"으음."

에워싼 자들을 둘러보는 형의 표정이 변했다.

놈들은 철근 사이로 콘크리트를 쑤셔 넣는 각목을 하나씩 들고 있다.

콘크리트가 배어 딱딱하게 마른 각목은 흉기라 제대로 맞으면 뼈가 그대로 부러질 정도로 강도가 높다.

조금 전까지 두려워하는 것처럼 보이려 애쓰던 성진이 형의 모습이 아니다.

불타는 멧돼지라 부르는 형의 심기를 거스르다니 저놈들 제대로 엿 먹을 것 같다.

"그냥 둬서는 안 되겠다, 성찬아."

"그러게. 그냥 지나가나 했는데, 이제는 정말 어쩔 수가 없네. 순순히 보내줄 것 같지 않아 보여."

"별수 있냐? 저런 식으로 나오는데."

"대가리에 든 것이 없는 놈들 생각이야 저렇지, 뭐."

"그러게 말이다."

"뭐야! 이 새끼들이!"

우리 둘의 대화가 의아한 모양이다.

방금 전까지만 하더라도 겁먹은 척하고 있었으니 그럴 만도 할 것이다.

"형, 그래도 한번 협상은 해봐야겠지?"

"그래야지. 기회는 주어야 할 것 같으니 말이다."

"어이, 들었지? 너희들이 뭘 하든 상관하지 않을 테니, 우리를 이대로 보내주는 것이 어때? 우리가 이제 학교에 가야 할 시간이라서 말이야."

"이 새끼들이 아주 기고만장하구나."

우리들의 대화에 열불이 치솟았는지 말하는 폼이 기세가 아주 사납다.

이제 시작하려는지 놈들이 움직이려 한다.

"휴우, 성찬아! 빨리 끝내도록 하자. 잘못하면 오늘 지각할 수도 있으니까."

"이 자식들 아주 작정하고 온 것 같은데, 최대한 빨리 끝내는 것이 좋을 것 같아, 형."

"그래. 현장 소장 새끼도 손 좀 봐야 하니까 빠듯할 것 같아. 속전속결로 처리하자."

"겁대가리를 상실했구나. 쳐라!"

홍성이 자신의 수하들에게 지시를 내렸다.

안 보는 것 같지만 공사장 이곳저곳에서 일꾼들이 지금 상황을 지켜보고 있는 중이다.

놈을 비롯해 움직이는 놈들 전부가 인천의 태연파에서 활동하는 조폭이다.

본보기를 보이기 위해서라도 유일하게 대드는 우리 둘을 손 볼 필요가 있을 것이다.

무엇보다 자신들의 계획을 틀어지게 만들 수 있는 싹을 제거하는 것도 중요할 것이고 말이다.

"어쩔 수 없네."

"시간 없다, 성찬아."

"그래, 형."

홍성을 제외하고 다가오고 있는 자들은 모두 열한 명이었다.

움직이는 폼이 한두 번 해본 솜씨들이 아니다.

오랜만에 싸워보지만, 두려운 마음은 없고 오히려 기대가 된다.

의뢰 때문에 화를 억눌렀는데, 이번에 화끈하게 풀어볼 참이다.

타타탁!

훈련을 받은 듯 일반적인 조폭답지 않게 세 명이 한 조를 이루어 교차하듯 각목을 휘두른다.

'진법까지? 웃기는군. 개나 소나……'

삼재진을 갖춘 것을 보면 체계적으로 훈련을 받았다는 뜻이니 역시 일반적인 조폭이 아니다.

세계가 변한 후, 과거 냉병기가 전장을 지배하던 시절의 기술들이 전파되고 있었다. 하지만 조폭들까지 알고 있다니, 재미있는 일이다.

휘―익!

빠각!

성진이 형이 선두에 선 놈이 들고 있는 각목 하나를 그대로 부러트렸다.

덩치답지 않게 성진이 형이 유연하게 발을 채찍처럼 휘둘렀기 때문이다.

"타앗!"

형의 어깨를 짚으며 그대로 신형을 띄웠다.

퍼퍽!

"컥!"

"큭!"

가위 차기로 달려오는 두 놈의 턱을 차자 뇌가 흔들릴 정도의 충격에 의식이 날아갔는지 힘없이 거꾸러진다.

파파팟!

고양이처럼 바닥에 착지한 후 곧바로 튀어나갔고, 뒤에 남은 성진이 형도 기민하게 움직였다.

맥없이 쓰러지는 동료들을 보며 주춤하는 자들에게 성진이 형이 탱크처럼 달려들었다.

퍼퍼퍼퍼퍽!

손발이 보이지 않을 정도의 속도로 성진이 형이 놈들에게 연신 타격을 가한다.

홍성을 제압할 동안 나에게로 가는 것을 막기 위해서다.

'칼 좀 사용해 본 놈이군.'

홍성이 빼 든 칼을 볼 수 있었다.

회를 뜰 때 사용하는 사시미 칼날이 새파랗게 서 있는 것이 보였지만, 개의치 않고 속도를 더욱 높였다.

'단번에 끝낸다.'

파팟!

칼잡이답게 예리하게 찔러 들어오는 홍성의 칼의 궤적을 피하며 놈에게 파고들었다.

"어!!"

놀라 몸을 뒤로 빼는 놈의 손목을 감아 잡은 뒤, 다른 손으로는 어깨를 잡고는 그대로 힘을 주었다.

팅!

강한 압력으로 손아귀 힘을 떨어트리자 사시미 칼이 바닥에 떨어졌다.

조금이나마 오러를 가지고 있는 놈이다.

놈은 오러를 사용해서 장정 서너 명의 힘을 발휘하는데, 2차 각성 전인 나로 인해 옴짝달싹 못하게 되니 당혹스러운지 욕을 내뱉는다.

"이 새끼가!"

"사람답게 살아라, 새끼야! 그리고 네놈 새끼 아니니까 새끼, 새끼 하지 마! 이 새끼야!"

당한 만큼 갚아주는 것이 내 철칙이다.

그리고 욕은 내가 제일 싫어나는 것 중 하나다.

화를 내며 왼 주먹을 치켜드는 모습을 보며 역방향으로 힘을 주었다.

우드득!

콰직!

놈의 오른팔를 묶어버리고 힘을 주자 관절이 반대로 어긋나며 부러진다.

"아아아악!"

비명을 지르며 바닥을 뒹구는 놈을 보면서 발을 들었다.

휘익!

빠—각!

공을 차는 것처럼 흙바닥에 엎어져 있는 홍성의 머리를 날려 버렸다.

작업 중에 못에 찔리지 않으려고 워커를 신은 탓에 놈은 그대로 기절해 버렸다.

놈에게 가차 없는 응징을 가한 후, 곧바로 뒤를 돌며 신형을 비틀었다.

퍼—억!

"꺼윽!"

내 뒤에서 각목을 휘두르는 조폭의 옆구리를 그대로 걷어찼다.

머리에 맞으면 두개골이 함몰될 정도로 단단한 각목이라 그만 한 대가를 치러주었다.

움푹 들어갈 정도로 충격을 받아 갈비뼈가 부러진 조폭이 새된 비명과 함께 주저앉듯 쓰러졌다.

배관 작업을 할 때면 홍성의 옆에서 언제나 깐족대던 놈이라

속이 후련하다.

쓰러진 놈 뒤로 두 놈이 더 있다.

둘 다 인부들에게 행패를 부리던 양아치 같은 놈들이다.

하루 일당이 얼마나 된다고 나이 든 분들에게 돈까지 뜯어내며 온갖 치사한 짓을 서슴지 않았던 놈들이다.

퍼퍽!

"꺽!"

"끅."

흠칫하며 서 있는 놈들의 명치에 밤주먹을 하나씩 안겨주었다.

타타탁!

이놈들만이 아니기에 쓰러지는 모습을 보고 바로 뛰었다.

형을 포위하고 있는 조폭들 사이로 뛰어들며 거침없이 공격을 가했다.

퍼퍼퍼퍼퍽!

내가 가세하자 여유가 생긴 형이 아주 빠르게 움직였다.

서로 교차하며 조폭들을 상대하는데, 제대로 맞서는 자가 하나도 없다.

쓰러트리는 데 한 사람당 딱 한 번의 타격이면 족했다.

맞은 곳이 혈 자리고, 힘을 조절해 죽지는 않을 것이다.

"커억!"

"으으윽."

"으으으으으."

쓰러진 놈들이 숨을 컥컥대거나 신음을 흘리며 바닥을 뒹굴고 있다.

워커를 신은 탓에 죽지 않게 조절을 하려니 힘이 들지만 놈들에게로 가서 하나씩 머리에 사커 킥을 날려 기절시켰다.

그런 내 모습에 싸우는 모습을 지켜보고 보고 있던 인부들이 진저리를 치는 것 같다.

반격의 여지를 주지 않아야 하니 어쩔 수 없는 일이다.

"끝났군. 너 실력 많이 늘었다. 제어하면서 이 정도라니 말이야."

"요새 수련을 좀 했어. 그나저나 일단 현장 사무소로 가야겠지, 형?"

"그래, 잡초는 뿌리째 캐야 다시 나지 않는 법이니까. 이놈들을 부리는 놈도 현장 사무실에 있으니 한 번에 정리할 수 있을 거다."

"태연파에서 나온 놈이 현장 사무실에 있다는 거야?"

"그래, 아까 나올 때 보니 사무실에 소장을 만나러 오는 것 같더라. 이놈들을 보낸 것을 보니 아직은 있을 거다."

"잘됐네."

"빨리 가자."

콘크리트 작업조로 위장해 공사에 참여한 조폭들이 전부 쓰러지는 데 걸린 시간은 10여 분이 채 되지 않았다.

등교할 시간까지는 아직 좀 남았으니 곧장 현장 사무실로 향했다.

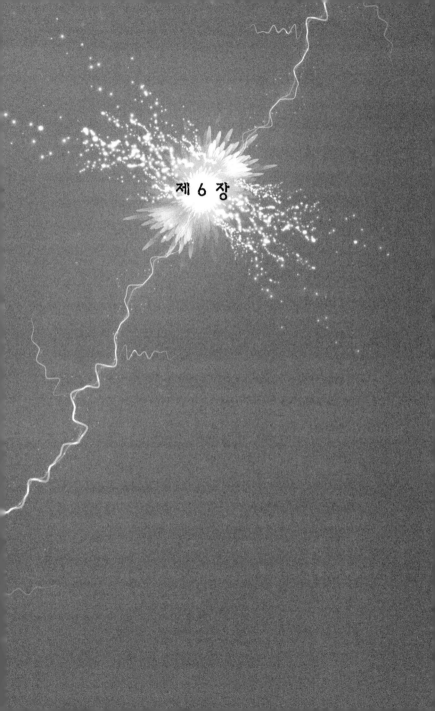

제 6 장

현장은 물론 식당에서 나와 싸움을 구경하던 인부들은 무척이나 놀랐다.

청년 둘이 그야말로 눈 깜짝할 사이에 우락부락한 덩치들을 쓰러트렸기 때문이었다.

쓰러진 조폭들을 머리를 향해 거침없이 킥을 날리는 성찬을 볼 때는 몸을 움찔거리기까지 했다.

커다란 덩치에 결코 잘생겼다고는 볼 수 없는 얼굴로 인상을 쓰면서 무지막지하게 패는 모습을 보니 더 조폭 같아 보였기 때문이다.

"슈슉! 이야아! 학생들인 것 같은데 죽이네. 태권도 국가대표라도 되는 건가?"

"그러게 말이여. 콘크리트 작업조 놈들, 전에 조폭 생활을 했다고 하는 것 같은데, 아주 묵사발이 났네그려."

입으로 바람 소리를 내며 폼을 잡던 목공 하나가 감탄하며 한마디 하자 다른 인부가 맞장구를 친다.

"쓸데없는 소리들 말고, 나중에 문제가 되면 증인이나 잘 서요. 그렇지 않으면 국물도 없을 테니까."

배관 작업조 학생들이 싸움을 한다는 소리에 놀라 밖으로 나왔던 인숙은 눈을 부라리며 구경하고 있는 인부들에게 한마디 했다.

미인에 속하는 얼굴로 말하는 인숙의 모습에는 묘한 카리스마가 서려 있었다.

"아, 알았어."

"걱정하지 말어. 저 새끼들, 싸가지가 없었는데 이번 일로 고소가 들어가면 우리들이 증인을 설 테니까 말이여."

"알았어요. 김치전에 막걸리 한 병씩 돌릴 테니까 얼른 들어가요. 저 애들은 아직 끝나지 않은 것 같으니까, 다들 모른 척하고."

현장 사무소로 향하는 두 형제를 보며 인숙이 일꾼들을 재촉했다.

인숙이 아는 형제의 성정상 이대로 끝내지 않을 것이 분명하다는 것을 알기 때문이었다.

"하하하! 알았어. 쉿!!"

"쩝, 쩝! 오랜만에 목구멍에 때 좀 벗길 수 있을라나?"

"걱정 말고 어서 들어가요."

"히히히, 학생들 덕을 다 보네."

인숙의 말에 구경하던 인부들이 입맛을 다시며 한마디씩 보탠 후 식당 안으로 들어갔다.

"저 아이들이 어떤 아이들인데 되지도 않는 것들이 겉멋만 들어서는. 잠자는 호랑이 코털을 건드려도 유분수지 말이야. 큰 사고는 치지 않겠지만 혹시나 모르니……."

인숙도 멀어져 가는 형제들을 보며 고개를 흔들더니 어린 론가 전화를 걸었다.

― 무슨 일입니까?

"아이들이 사고를 친 것 같으니 수습할 준비 좀 해."

― 태연파 일입니까?

"그래."

― 알겠습니다.

"아이들이 모르게 하는 것 잊지 말고."

― 염려하지 마십시오.

인숙은 전화를 끊고는 곧장 인부들을 따라 식당 안으로 들어갔다.

"자, 주목!"

커다란 목소리에 식당 안으로 들어온 인부들의 시선이 일제히 인숙에게 몰렸다.

"조금 전에 말했다시피 오늘 일은 전부 잊는 거예요. 문제가 생기면 증인도 좀 서고."

"그럼, 그럼. 차 사장이 한잔 내겠다는데 다 잊어야지. 고소가 들어가면 증인도 서줄 거고 말이여."

"알았어요. 여기 있는 사람들 얼굴 다 기억했으니까."

"헤헤헤, 걱정하지 말드라고."

"암!"

인부들이 고개를 끄덕이며 대답을 했다.

"인화야!"

인부들에게 다짐을 받은 인숙이 주방에서 일하고 있는 동생을 불렀다.

미모면 미모, 성격이면 성격, 언니인 인숙과 막상막하인 인화가 주방에서 고개를 내민다.

"바쁜데 왜 불러?"

"인화야, 오늘 장사 접는다. 김치전하고 막걸리 떨어질 때까지 내와라."

"언니, 미쳤어?"

동생인 인화가 눈을 부라렸다.

"그래, 이년아. 성진이하고 성찬이가 사고 쳐서 입막음으로 내는 거니까 어서 만들거나 해."

"성진이하고 성찬이가? 알았어. 프라이팬, 프라이팬!"

인숙의 말에 언제 눈을 부라렸냐는 듯 얼른 대답하고는 인화는 프라이팬을 찾기 시작했다.

인숙처럼 성진과 성찬의 일이라면 장사를 아예 안 해도 상관없는 인화였다.

"쓰읍! 오늘, 포식하겠는데."

"그러게 말이여. 오늘 횡재했구면."

음식 솜씨가 좋고, 인심이 좋은 소문난 두 자매라 달랑 김치전만 나오지 않을 거라는 것을 알기에 일꾼들은 입맛을 다셨다.

"그나저나 조폭 나부랭이들이 여기 작업을 치려고 했나 본데, 완전히 똥 밟은 것 같지?"

"하먼! 자매 식당가 있는 곳에서 작업을 치다니, 죽으려고 환장한 거지, 뭐여. 덕분에 우리만 진하게 한잔하게 됐으니 고맙다고 해야 할랑가."

"크크큭, 그러게."

"고소 들어가면 우리가 증인을 서야 허겠지?"

"걱정할 필요 없어. 식당을 하고 있지만 차 사장 자매가 어떤 사람들인데 말이야."

"하긴, 차 사장 자매라면······."

"우리야 꽁으로 술 한잔 진하게 하면 되니, 오늘 일은 이만 접자고. 어차피 일할 분위기도 아닐 테니까."

"그렇겠지. 현장 사무실로 가는 것을 보니, 오늘 소장 새끼도 박살 날 테니 말이여."

현장 소장이 조폭과 손을 잡고 있다는 것은 인부들 모두가 알고 있었다.

열두 명이나 되는 조폭들을 때려눕힌 두 형제가 이대로 끝내지 않을 것이 분명하기에 작업을 할 수 없을 터였다.

지시를 내려야 할 현장 소장이 무사하지 못할 것은 뻔했으니 말이다.

쾅!

컨테이너 박스를 개조한 현장 사무실의 문이 부서질 듯 열렸다.

안으로 들어선 두 형제는 놀란 눈으로 문 쪽을 바라보고 있는 현장 소장과 얼굴에 칼자국이 있는 사나이를 볼 수 있었다.

"뭐야!!"

태연파의 부두목인 나승호는 부술 듯 문을 열고 들어온 두 형제를 보며 소리를 질렀다.

"이 새끼들이!! 너희들 뭐야!!"

현상 소장인 김성수도 삿대질을 하며 소리를 질렀다.

두 사람의 반응에는 아랑곳없이 성찬과 성진은 씩 웃어 보였다.

"형, 아무래도 이번 일을 사주한 놈이 저 새끼 같지?"

"아무래도 그런 것 같다. 태연파 부두목인 나승호니까 말이야."

대화가 가관이 아니었다.

'다른 조직에서 냄새를 맡은 건가? 일단 저놈들을 처리한 후 배후를 캐봐야겠군.'

자신을 알고 있는 것 같은 형제의 대화에 나승호가 인상을 찡그리고 소파에서 몸을 일으켰다.

나승호가 나서자 옆에 있던 김광철이 설명을 했다.

"형님, 홍성이가 잡으러 간 것이 저놈들입니다."

"으으음, 그래?"

'저렇게 둘만 온 것을 보면 홍성이가 당한 모양이군.'

김광철의 설명에 나승호의 얼굴이 굳어졌다.

이번 공사 현장을 장악하기 위해 잠입한 홍성과 행동 대원들을 제압한 것을 보면 성찬과 성진의 실력이 보통은 아닌 것 같았기 때문이다.

"형이 할 거야?"

"아니, 네가 해라."

"으챠! 알았어."

성진의 말에 성찬이 앞으로 나섰다.

"으음."

태연파의 넘버 투라는 것을 알고 있다는 사실에 나승호가 인상을 찌푸렸다.

건성건성 보이기는 하지만 자신을 바라보는 눈빛에는 두려움이라고는 전혀 찾아볼 수 없었기 때문이다.

'으음, 보통 놈은 아니로군. 틈이 전혀 없는 것을 보니 만만치 않겠어.'

언뜻 보면 무방비 상태인 것 같지만, 파고들어 갈 틈이 전혀 없는 성찬의 모습에 실력자라는 것을 알 수 있었다.

'아이들은 전부 깨진 모양이군. 더군다나 생채기 하나 없는 것을 보면……'

이번 작업이 끝나면 홍성은 행동 대장을 맡기로 예정되어 있었다.

그의 휘하에 있는 조직원들은 태연파에서도 정예 중의 정예였다. 단숨에 제압하고 온 것을 보면 그만큼 실력이 있다는 소리였기에 근육이 긴장되기 시작했다.

'후후후, 간만에 재미있겠군.'

나승호는 오랜만에 느껴보는 싸늘한 긴장감에 흥미가 일었다.

쉬—이익!

간격 안에 들어오기 무섭게 나승호의 발이 성찬을 향해 쇄도
했다.

파파광!

채찍같이 휘어지며 자신을 향해 날아오는 나승호의 공격에
성찬이 허리를 움직여 피하자 공기가 터져 나갔다.

'기운을 실었지만 동작이 너무 큰 것이 네 실수다.'

일격 필살은 아니지만 맞으면 커다란 상처를 입을 수도 있는
공격임에도 성찬은 두려움 없이 신속하게 나승호의 품을 파고
들었다.

'헛!'

피피핏!

예상하지 못한 움직임에 헛바람을 삼킨 나승호는 갈비뼈 아
래쪽과 겨드랑이에 성찬의 수도가 파고드는 것을 느낄 수 있었
다.

"컥!"

몸속으로 성찬의 손가락이 두 마디 깊이로 연이어 파고들자
답답함이 밀려들었다.

온몸에 힘이 들어가지 않고 자신의 의지대로 조절이 되지 않
는 것을 느끼며 나승호는 답답한 신음을 흘리며 무릎을 꿇었다.

'어, 어떻게?'

유물을 통해 각성자가 된 나승호는 자신의 몸 안으로 파고들어 온 기운에 몸이 무력해지는 것을 느꼈다.

'정신을 잃으면 안 되는데……'

진성 각성자를 무기력하게 만드는, 말도 되지 않는 일이 일어났기에 성찬을 의문의 눈길로 바라보던 나승호는 이내 옆으로 쓰러지며 정신을 잃었다.

"너, 너희들 뭐야!!"

작업이 끝나면 5억을 받기로 하고, 이번 일에 가담한 현장 소장은 손가락으로 두 형제를 가리키며 떨리는 목소리로 물었다.

"아까처럼 떠들어보지?"

성진이 현장 소장을 보며 비아냥거렸다.

참을 먹기 전에 현장 사무소로 왔을 때 나승호의 위세를 빌어 위협하던 모습은 온데간데없었다.

"겨, 경찰을 부르겠다."

아직도 상황 파악을 하지 못하는 현장 소장을 보며 성진이 고개를 저었다.

"불러봐! 이 새끼야! 아직도 똥인지 된장인지 모르는 모양이니 말이다."

"워, 원하는 게 뭐냐?"

조폭들과 손을 잡고 땅과 건물을 헐값으로 넘겨받으려 했다는 것을 두 형제가 알고 있다고 느낀 현장 소장이 떨리는 목소리로 말했다.

"원하는 거? 내가 원하면 다 해줄 건가?"

"뭘 원하는 거냐?"

현장 소장의 대답에 잘하면 자신이 원하는 정보를 얻을 수 있을 것 같아 성진이 물었다.

"정보!"

"저, 정보라니?

"저놈들이 왜 이 건물과 땅을 노리는지 알려주면 당신이 벌인 짓은 이대로 묻어둘 수도 있다."

'마, 말하면 콘크리트에 묻혀 수장될 거야.'

정보라는 말을 듣는 순간부터 현장 소장인 김성수는 성진이 다 알고 왔다는 것을 알았지만, 순순히 말해줄 수는 없었다.

알고 있는 것도 없지만 조금이라도 단서가 알려졌다가는 자신은 산목숨이 아니기 때문이다.

자신이 알고 있는 태연파는 그만큼 무서운 조직이었다.

"무, 무슨 소리냐?"

"이야, 이거 모른 척하네."

말이 끝남과 동시에 형인 성진으로부터 가공할 기세가 뿜어져 나왔고, 기세를 온전히 뒤집어쓴 김성수의 몸이 사시나무 떨듯 떨렸다.

"후후후, 좋게 말할 때 이야기하는 것이 좋을 거야."

낮게 가라앉은 성진의 목소리에 김성수는 깊은 공포를 느꼈다.

'느, 능력자다.'

김성수는 성진이 능력자라는 것을 깨달았다.

'내가 알고 있는 정보만 알려주고 빠져나가야 한다.'

건물이 지어지는 이곳에 비밀이 있다는 것은 알지만 확실한 것은 모른다.

자신에게 맡겨진 것에 대해서만 말하기로 결심을 굳혔다.

태연파의 간부들 또한 능력자들이었기에 후환이 두려웠기 때문이다.

"나, 난 태연파의 위협에 할 수 없이 이 땅을 매입하는 것에 협조를 했을 뿐이다."

"어떤 협조지?"

"건축주가 자금에 여유가 없으니 부실공사는 눈감고, 공사기간을 조금 연장시키기만 하면 된다고 했다."

"그러니까 돈이 얼마 없다는 것을 알고 부실 공사 후에 그걸 구청 건축과에 걸리게 해서 공사를 못하게 하고 다급해진 건축주에게 몇 푼 쥐어주고 날로 먹으려고 한 거라는 말이군?"

"그, 그렇다."

"정말 웃기는군. 방금 전에 나승호에게 형님이라고 하지 않았나?"

"으음."

"역시, 네놈도 한통속인 것 같군."

성진의 앞으로 다가오자 현장 소장은 주춤거리며 뒤로 물러섰다.

"무, 무슨 짓을 하려는 거냐?"

"아무래도 너 같은 놈은 그냥 둘 수는 없을 것 같아서 말이야."

"나, 난 아무것도 모른다. 그냥 여기 땅을 건축주에게 헐값에 넘겨받는 것만 도와준 것뿐이다."

"성찬아?"

"저 말은 사실인 것 같아."

성찬의 부름에 성진이 고개를 끄덕였다.

김성수의 말이 사실임을 확인해 준 성찬이 움직였다.

스슥!

피피피피핏!

더 이상의 정보는 나오지 않을 것 같아 보였기에 성진은 빠르게 움직여 나승호와 같이 현장 소장의 몸을 찌른 후 뒤돌아섰다.

"성찬아, 그렇게만 끝내는 거냐?"

"부두목이라는 놈은 어느 정도 오러를 가지고 있어서 괜찮을 테지만, 이 새끼는 앞으로 수저를 드는 데도 전력을 다해야 할 거야, 형."

"아주 잘했다. 현장 소장씩이나 된 놈이면 경력이 꽤 될 텐데, 직업윤리라는 것을 찾아볼 수 없는 인간쓰레기 같은 놈이니 말이야. 그런데 아무 정보도 얻지 못했으니 어떻게 할 거냐?"

"상관없어. 이제 나승호를 잡았으니까 말이야."

"그렇기는 하다만……."

"나승호에게 정보만 캐내면 충분할 테니, 일단 나중에 생각해 보도록 하자."

"알았다."

"더 있다가는 학교에 늦을지도 모르니 어서 나가자."

"그래. 그런데 이놈은 어떻게 하지? 이대로 두면 안 될 것 같은데 말이야."

성진이 나승호를 보며 물었다.

"어디 가둬둘 수도 없으니 일단은 집으로 데리고 가야 할 것 같아."

"집이 노출될 수도 있겠지만 할 수 없구나. 이놈은 내가 옮길 테니 일단 집으로 가자."

성진이 나승호를 들어 어깨에 걸쳐 멨고, 두 형제는 빠르게 현장 사무소를 빠져나왔다.

인부들이 몇몇이 두 사람의 모습을 봤지만 모르는 척 눈을 돌렸다.

식당에 있는 누군가의 눈치를 봐야 했기 때문이다.

빠르게 주차장으로 온 두 형제는 낡은 트럭에 나승호를 싣고는 공사 현장을 빠져나왔다.

"성찬아, 따라붙는 놈이 있나 살펴봐라."

"살펴보고 있는데 없는 것 같아."

"다행이다. 일단 집에 들렀다가 학교로 가자. 혹시 모르니 집으로 가는 동안에도 잘 살펴봐라."

"알았어, 형. 그런데 이제 중개인에게 연락을 해야 되지 않아?"

"바쁠 거 없다. 집에 도착해서 하면 된다."

"알았어."

대답을 들은 성진은 말없이 트럭을 몰았다.

강남을 빠져나와 강동구로 향한 성진을 곧장 자신들의 집이 있는 일자산으로 향했다.

창고를 살림집으로 개조해서 사용해 오고 있는 중인 집에 도착했다.

트럭이 멈추자 차에서 내려 창고로 달려가 어린아이 머리통만 한 자물쇠를 열쇠로 딴 후 문을 열었다.

주변에 설치되어 있는 마법진을 작동시키는 중추 기관인 자물쇠는 내가 가진 열쇠가 있어야만 해지할 수 있다.

차가 안으로 들어간 후 왔던 길을 살피며 문을 닫았다.

다행히 지금까지 따라온 놈들은 없었다.

"지하에 가둬둘게."

"그렇게 해라."

창고 안쪽에 있는 커다란 나무 박스를 다가가 밀었다.

그르르륵!

박스가 밀려난 자리에는 지하로 내려가는 계단을 막고 있는 커다란 철문이 자리 잡고 있다.

바닥과 평평하게 만들어진 철문은 무게가 꽤 나가는 것이라 힘을 좀 써야 한다.

"으차!"

쿵!

문이 바닥에 떨어지는 소리가 창고 안을 울렸다.

문을 여는 동안 성진이 형은 트럭에서 나승호를 들쳐 메고 왔다.

"내가 가둬놓을 테니, 너는 학교에 갈 준비나 해둬라."

"알았어, 형."

형이 계단을 통해 지하로 내려갔다.

나승호가 가두는 시간에 학교에 갈 준비를 해야 한다.

우선 갈아입을 옷들을 챙긴 후, 수업에 필요한 것들도 준비해 가방에 챙겨 넣었다.

쾅!

큰 소리에 뒤돌아보니 성진이 형이 지하실로 통하는 문을 닫고는 상자를 밀어 감추고 있다.

"잘 잠갔어, 형?"

"그래, 나승호가 능력자라고 해도 지하실은 절대 탈출할 수 없을 테니 안심해도 될 거다. 그래도 태연파에서 속한 자라 혹시 모르니까 예비로 조치는 취해야 할 것 같은데 말이다."

"그렇기는 하지. 태연파라면 만만한 놈들이 아니니까 말이야. 조직원들이 박살 나고 부두목이 사라진 것을 알면 눈에 불을 켜고 찾을 테니까."

"여기에 인식 차단 장치를 설치할 거냐?"

"아니, 그랬다가는 '나 여기 있소' 하고 광고하는 꼴이니 다른 것으로 할까 해."

"네 말이 맞다. 우리가 움직인 동선 주변에서 이곳만 인식이 되지 않는다면 감지기에 곧바로 나타날 테고, 금방 알아차릴 수 있을 테니 말이다. 그런데 어떻게 할 거냐?"

방심한 탓에 나에게 쉽게 잡히기는 했지만 나승호는 각성을 한 능력자다.

일반적인 진성 각성자가 아니라 유물을 통해 각성한 케이스라 거대 조직인 태연파에서는 이런 사태에 대비가 되어 있을 터였다.

요인들의 납치 등에 대비해 생체 파장 발생 장치 같은 것 장착되어 있을 가능성이 아주 높다.

나승호가 가지고 있는 유물을 노리는 자들이 있을 테니 사전에 대비를 했을 것이니 말이다.

— 스페이스, 어때?

— 혈액 속에 나노 머신이 있습니다. 차단시킬 수는 있지만, 멈추는 것과 동시에 폭발하도록 만들어진 것이라 쉽지는 않습니다.

— 역시 그렇군. 알았어.

예상이 맞았다.

작동이 멈추는 것과 동시에 폭발하도록 만들어 놓다니 지독한 놈들이다.

내가 생각한 방법대로 준비를 해야 할 것 같다.

간단한 방법은 아니다.

파장을 감추기 위해 인식 차단 장치를 사용하게 되면 공간을 격리시키게 되는데, 주변과 많은 차이를 보이게 된다.

태연파에서 나승호 고유의 생체 파장을 추적하는 것이 가능하다면 위치를 알려주는 것이나 마찬가지기에 다른 방법을 써야만 한다.

"이번에 만든 마법진을 사용해 보려고 해."

"마법진을 만든 거냐?"

"정확히 마법진은 아니고, 진법과 마법진을 혼용한 형태인데 국정원에서 전파한 공간 마법진을 활용한 거야. 인식 차단 장치와는 조금 달라서 나승호의 행적을 완전히 지울 수 있을 거야."

"시험은 해본 거냐?"

"그럼. 감지 범위에 있는 사물은 정확하게 인식이 되지만 생체 파장은 완전히 사라져 버렸어."

"잘됐다. 그렇다면 문제가 없겠다. 그렇지만 우리가 이곳으로 오는 동안 나승호가 흘린 파장의 흔적이 남아 있을 텐데, 그건 어떻게 할 거냐?"

"걱정하지 마. 집으로 오면서 나승호의 파장을 지우는 조치를 취해두었으니까 말이야."

집으로 오는 내내 나승호의 파장을 차단시켰다.

그리고 첫 번째 교차로가 나타난 곳에서 기운을 카피에 여러 방향으로 뿌려두었다

우리가 온 길도 그렇고, 다른 길들도 어느 정도 파장이 진행되다가 이후로는 완전히 차단시켰기에 어디로 갔는지 찾아내는 것이 그리 쉽지는 않을 것이다.

"그렇다면 별문제 없겠다. 곧바로 설치하자. 학교에 가야 하니 말이다."

"학교에 갈 시간은 충분하니까 걱정하지 않아도 돼. 기존에 설치된 것을 조금 비틀면 되니까."

"알았다."

창고에 새겨진 마법진과 진법들을 빠르게 손봤다.

나승호에게서 발생하는 신호들을 산란시켜 버리고 있으니 이곳을 찾아낼 수는 없을 터였다.

"끝났나?"

"다 끝났어."

"그럼, 어서 옷 갈아입고 학교 가자."

"알았어."

설치를 끝내고 시험해 보느라 시간을 너무 지체한 것 같아 서둘러 옷을 갈아입었다.

준비를 끝낸 후 내가 창고 문을 열었고, 성진이 형이 트럭을 후진시켜 창고를 빠져나왔다.

"도둑이 들지 않게 잘 잠가둬라."

"알았어."

문을 닫은 후 벽돌만 한 자물쇠를 채우고 열쇠로 잠그자 마법진이 활성화되었다.

"늦었다. 어서 타라."

형의 재촉에 재빨리 트럭에 올라탔다.

차에 타자 화마로 잿더미가 된 공장이 눈에 확 들어온다.

화재가 나서 다 타버린 공장은 잔해만 남아 있는 상태다.

쉽게 치울 수도 없는 터라 잔해가 날리지 않도록 천막을 만들 때 사용하는 두꺼운 비닐로 덮어씌워 놓았다.

'저렇게 잿더미 상태로 놔두는 것도 얼마 남지 않았다.'

머지않아 공장을 다시 지을 수 있을 것이기에 아쉬운 마음을 접었다.

"형, 우리 공장 말이야. 다시 지을 수 있겠지?"

"이렇게만 하면 얼마 있지 않아 다시 지을 수 있겠지. 아버지 하고 작은아버지가 교도소에서 나오시면 다시 가동할 수 있을 거다."

"그런데 얼마나 모았어?"

"이번에 의뢰받은 것까지 합치면 130억 원 정도 될 거다. 두세 탕만 더 뛰면 공장 개축하는 비용하고 운영자금까지는 마련할 수 있을 것 같다."

"이야! 형, 대단한데."

"다 네가 있어서 가능했다."

"내가 뭘 했다고."

"하하하, 능글맞은 녀석."

성진이 형이 웃으며 내 머리를 헝클었다.

형과 나는 아버지와 큰아버지가 운영하다 화재로 전소한 공장을 다시 세우는 목표를 가지고 있다.

공장에서 뭘 만드셨는지는 모르지만, 일반적인 기계공장을 토대로 건축 비용과 설비 비용, 그리고 초기 운영비까지 계산한 자금을 모으고 있다.

중국에서 가지고 온 것들을 마켓에 팔면 언제든지 공장을 다시 짓는 것이 가능하지만, 형과 내 손으로 벌어 지어드리고 싶었기에 그것들은 고이 아공간에 모셔두고 있는 중이다.

"잘됐네. 우리가 떠나기 전에 선물을 드릴 수 있을 것 같으니 말이야."

"그래, 이제 얼마 남지 않았다."

기분이 정말 좋다.

형 말대로라면 이제 머지않아 목표를 달성할 수 있을 것 같으니 말이다.

"가자. 지각하겠다."

"그래."

공장을 나와 차도로 들어선 후, 둔촌동을 지나쳐 외곽 순환도로를 향해 달렸다.

지각하지 않을 수 있는 가장 빠른 길이다.

"그나저나 연락은 한 거야?"

"연락은 지하에서 했다. 예정보다 의뢰가 빨리 끝났다고 하니 내일은 만나자고 하더라."

"아직 기간이 많이 남았는데, 벌써 보자는 것을 보면 급한 것 같은데?"

오늘은 월초인 4일이다.

의뢰를 끝내달라고 요청한 기간이 월말이니, 아직 20일이 넘게 남아 있었다.

그동안 잘 협력해 오고 있는데도 이유도 말하지 않고 내일 바로 보자는 이유가 궁금했다.

"원래 의뢰를 받을 때 현장 상황만 정리되면 곧바로 연락을 해달라고 했었다. 기간은 있지만 오늘 일로 건축주가 공사장에 문제가 생겼다는 것을 금방 알게 될 테니 중개인도 내일까지는 마무리를 지어야 할 거다."

"그렇기는 하겠네."

이번 일을 의뢰한 것은 건축주가 아니다.

건축주는 자신의 건물을 짓고 있는 현장에서 이런 일이 벌어지고 있다는 것 자체를 전혀 모르니 말이다.

현장 소장은 이제 반신불수나 다름없는 몸이다.

더군다나 콘크리트 작업조도 내일부터는 현장에 나오지 못할 테니 건축주도 바로 알게 될 것이다.

형 말대로 중개인을 통해 의뢰주에게 완료가 되었다고 알리는 편이 나을 것 같다.

'하지만…….'

예정에 없는 상황이라 빨리 정리해야 하지만 의뢰 내용을 보면 의뢰주의 일처리가 아주 급하다.

뭔가 알고 있지 않는 한 있을 수 없는 일이다.

건물이 지어지고 있는 땅의 비밀 같은 것 말이다.

"형, 의뢰주가 누군지 몰라도 성질이 무척 급하네. 이런 일이 그렇게 간단하게 끝나는 것이 아닌데 말이야."

"성찬아!"

"왜, 형?"

"우리가 너무 깊게 파고드는 것 아니냐? 우리 일이라는 것이 의뢰주에 대해서는 캐지 않는 게 철칙인데 말이다."

"우리는 의뢰주가 누군지도 모르고, 의뢰주가 뭘 하든 의뢰만 완수하면 되니까 형 말도 맞아. 하지만 이상해. 아무래도 우리에게 일을 의뢰한 자도 그 땅을 노리는 것 같아서 관심이 생겨."

"나도 그런 생각이 들었지만, 그 땅을 차지하는 것은 쉽지 않을 거다."

"누가 또 있다는 거야?"

"아무리 봐도 이모님들이 처음부터 나서신 것 같다."

"그분들이?"

예상외의 말이다.

식당을 하고 있는 두 분이 진짜 하는 일을 알고 있었지만, 우리가 일하던 그 땅에 관심을 두고 있다니 너무 억측하는 것이 아닌가 싶기도 하다.

"그래, 너도 조금은 알겠지만, 그 정도 현장에는 절대 식당을 열지 않는 분들이다."

"그분들이 열기에는 현장이 작기는 하지."

"무엇보다 이번 일에 관여된 놈들을 제외하고 전부 그분들과 관계된 사람들이다. 우리도 그렇고 말이야."

"형 말은 두 분이 처음부터 작정하고 그곳에 식당을 열었다는 말이구나."

"그래. 그 두 분이 뭔가 있지 않는 한, 그런 현장에 식당을 차릴 리가 없으니 말이야. 두 분이 작정한 이상, 아무리 인천을 전부 장악하고 있는 태연파라고 해도 간단하게 땅을 빼앗지는 못할 거다."

사실 의뢰를 받고 현장에 잠입했을 때 자매 식당가 있었기에 무척이나 놀랐다.

'그래, 그분들이라면…….'

두 분은 식당을 하고 있지만 보통 사람들이 아니다.

국정원의 의뢰를 도맡아 하는 중개상이기도 하지만 한 번에 굴리는 돈이 몇 백 억에 달할 정도로 지하경제를 움직이는 큰손이 바로 두 분이다.

식당은 그저 취미 삼아 하는 일인데 땅에 관심을 가지고 있다니 흥미로운 일이다.

"지하의 큰손이시니 그 땅에 뭔가 비밀이 있는 것이 확실한 것 같지?"

"그런 것 같기는 하다. 나승호를 데리고 온 것이 너도 그 땅에 의심이 들어서 그런 것 아니냐?"

"그렇기는 해."

"일단 학교를 끝내고 돌아와서 나승호에게 그 땅에 무슨 비밀이 있는지 알아보자. 지금은 운전하는데 방해가 되니 말이다."

"알았어."

이번 의뢰가 점점 흥미로워진다.

아무래도 누군가가 우리 둘을 움직이려 하는 것 같으니 말이다.

공사 현장에 일이 잡히자마자 의뢰가 곧바로 들어왔다.

가장 유력한 사람은 식당을 하고 있는 두 이모님이지만 그것은 모를 일이다.

국정원의 지침이 바뀐 후에 우리에게 일절 의뢰를 하지 않았으니 말이다.

우리 형제가 이번 현장에 해결사로 나선 것은 중개인을 제외하고는 아무도 모른다.

중개인도 우리와 연관이 깊은 자이니 개인 정보가 유출될 염려도 없으니 말이다.

'그자들 이외에 이모들까지 여러모로 얽히는군.'

얽혀 있는 인과관계가 복잡해 보이는 것이, 아주 재미있는 상황이다.

'대충은 어떤 상황인지 짐작이 가지만 조금 더 살펴보자. 나승호를 심문해 보면 뭔가 가닥이 잡히겠지.'

아직은 확인할 것이 많다.

단서를 얻을 수 있는 나승호도 확보해 놨으니 취조한 다음 상황을 정리하기로 했다.

'벌써 다 왔군.'

멀리 학교 건물들이 보인다.

외곽 순환 도로를 타면 일자산에서 학교까지는 10여 분 거리라 금방이다.

2년 사이에 지어진 건물 세 동이 더 지어져서 입학했을 때와는 느낌부터가 다르다.

'우리 학교가 많이 크기는 했지. 더군다나 우리 학과는 전국 최고이기도 하고.'

차원 교류가 시작되고 대학교에 관련 학과가 생겨나기 시작했다. 그중 가장 선두를 달리는 곳이 바로 우리가 다니는 가인 대학교다.

차원 교류와 관련해서 주간에 강좌를 개설한 학과는 많지만 야간 학과가 개설된 곳은 대한민국에서 유일하다.

우리 학과의 경우 교수진들이 워낙 유명한 분들이라 유능한 인재들이 많이 입학을 했고, 그에 따라 다른 학과들도 인재들의 선호도가 높아졌다.

학교 측에서는 과감한 투자를 자처했고, 이제는 그 옛날 SKY에 견줄 정도로 명문이 됐다.

그렇게 된 것은 참 인재를 뽑겠다는 학교 방침 때문이다.

그중 가장 큰 역할을 한 것은 차원정보학과다.

책상물림의 공붓벌레들이 가진 죽어 있는 실력이 아니라 진짜 실력만으로 학생들을 뽑는 차원정보학과 특유의 신입생 선발 절차가 있어서다.

야간학부에서는 우리가 처음으로 졸업하게 되지만 주간학부에는 이미 졸업생을 여러 번 배출해 명성을 더해가고 있는 것이다.

학교에 도착하자마자 형은 능숙한 솜씨로 주차장에 차를 댔다.

"늦었다, 성찬아. 뛰어야겠다."

"그러게. 만날 뛰네. 어서 가자, 형."

차에서 내리자마자 강의실을 향해 뛰었다.

'참 지랄이다. 이 언덕길을 열라 뛰어야 하다니.'

강의실을 향해 전력으로 달리다 보니 뛰고 있는 사람은 우리뿐이다.

다른 야간학과 학생들은 천천히 걸어서 다니는데 말이다.

차원정보학과의 주요 강의동의 모여 있는 곳은 학교 내에서도 가장 높은 곳이다.

본래부터 이 학교 가 산을 깎아내고 만든 곳이다. 정상 부근에 오밀조밀하게 차원정보학과 강의동이 모아 놓은 것은 아마도 차원통제사가 되기 위해서 평소에도 체력 단련을 하라는 의미일 것이다.

형과 나는 이런 정도야 아무 것도 아니지만 보통 사람들에게는 상당한 거리라 이렇게 뛰어 올라가는 것은 죽을 맛일 것이다.

'아마 일부러 꼭대기에 강의동을 몰아놨을 거야.'

강의동 근처에 주차장이 있지만 차원정보학과 학생들의 경우 입구를 제외하고 교내에서는 오직 순순한 육체적 능력만으로 사용해야 한다는 제약이 있다.

차를 학교 정문 입구에 있는 주차장에 세운 것도 그 때문이다.

차원정보학과 학생에게는 제약이 하나 더 있다.

강의에 아예 빠지는 것은 아니니 조금 지각을 해도 될 법하지만 절대 그럴 수가 없다.

우리 학과가 지각을 절대 허용하지 않기 때문이다.

지각을 하게 되면 강의를 들을 수 없을 뿐만 아니라 학점이

한 단계 떨어질 정도로 학사 관리가 엄격하고 철저하기에 이렇게 다들 죽어라 뛰는 것이다.

강의 시간이 임박해 지면 이렇게 죽어라 뛰는, 다른 학과와는 전혀 다른 풍경을 펼쳐지는 것이다.

'자리가 얼마 없네.'

시간에 맞춰 강의실에 도착해 보니 벌써 대부분 자리가 차 있고 몇 자리만 뒤에 남아 있었다.

다른 학과라면 앞자리에 앉는 것을 선호하지 않겠지만 우리 학과는 분위기부터 완전히 다르기에 강의 시간이 다 된 지금 빈자리가 강의실 끝 밖에는 없다.

그나마 앉을 자리라도 있어서 다행이었다.

"휴우, 간신히 지각은 면한 것 같다."

"하아, 그러게."

"어서 앉자."

"그래, 형."

조심스럽게 강의실의 빈자리를 찾아가서 앉았다.

그나마 강단이 잘 보이는 자리에 앉을 수 있어서 다행이다.

쿵! 쿵!

우리 뒤를 이어 달려온 학생들이 자리에 착석하자 강의실 문이 닫혔다.

좌석이 채워지는 순간 자동으로 폐쇄되어 들어오고 나가는 것이 차단된 것이다.

아직 도착하지 못한 사람들은 이번 수업을 듣지 못하기에 다음 수업이 있는 강의실로 향했을 것이다.

'근호 형도 그렇고, 우리 파티는 다들 지각인가 보네.'

자리를 세어보니 오늘 지각한 사람들은 모두 다섯 명이다.

그것도 어떻게 된 일인지 근호 형과 사인방만 지각을 한 것 같다.

'대부분 종강을 했고, 성적은 어느 정도 올린 것 같으니 졸업하는 데 문제는 없겠지만. 무슨 일이지? 한 번도 이런 적이 없었는데 말이야.'

근호 형과 사인방은 일과 수련을 병해하고 있는데도 불구하고 중위권의 성적을 유지하고 있다.

지금까지 잘해왔기에 학사 관리에는 큰 문제가 없을 테니 아마도 다음 강의실로 향했을 것이다.

교수님이 강단으로 들어오고 계시지만 출석부 같은 것은 들려 있지 않다.

강단에 선 교수님들이 학생들의 출석을 부르지는 않는 것은 팔에 차고 있는 인식용 팔찌를 통해 자동으로 출석이 체크되기 때문이다.

아니나 다를까, 수업이 바로 시작된다.

제 7 장

학생들을 한 차례 둘러본 강상철은 차원정보학과 학과장이자 주임 지도 교수다.

　학생들 사이에서 깐깐하기로 유명한 사람이었지만 무슨 일인지 오늘은 그의 얼굴에 미소가 감돌았다.

　"제군들! 지난 한 주간 잘 지냈나?"

　"잘 지냈습니다, 교수님!!!"

　"하하하! 잘 지냈다니 다행이군."

　좌석에 앉은 학생들의 대답을 들은 강성철이 고개를 끄덕였다.

　'강의에 들어오지는 못했지만 권총 찰 놈들은 하나도 없으니

이번 학기가 끝나면 전부 졸업이로군. 아무리 봐도 참 대단한 놈들이다.'

계단식 강의실을 꽉 채운 학생들은 모두 195명이다.

지각한 놈들까지 해서 총 200명이 차원정보학과의 4학년 야간 강의를 듣고 있다.

8학기를 지나오는 동안 강상철은 자리에 앉은 야간 과정의 제자들을 보고 있노라면 언제나 기분이 좋았다.

야간학부는 고등학교를 졸업하고 곧장 대학교에 들어온 주간 학생들과는 달리 일을 하며 공부를 하는 이들이다.

차원통제사에 대한 열망 자체가 차원이 다르기에 수업도 열정적으로 진행되고 있어 가르치는 보람이 있었다.

'지각한 놈들이 오늘은 손해를 좀 보겠군.'

강의에 들어오지 못한 지각생들은 다음 강의를 예습하고 난 뒤 자신이 강의한 내용이 알기 위해 지각하지 않은 학생들과 딜을 할 것이다.

만들어놓은 예습 자료와 지금 강의하는 자료를 교환해 진도를 따라가려고 말이다.

하지만 오늘은 자신뿐만 아니라 교수진 전부가 강의를 진행하지 않고 몇 가지 당부 사항으로 끝낼 예정이었다.

당부 사항이라는 것이 다른 차원에서의 경험을 토대로 만들어진 것들이라 지각한 학생들이 손해를 보게 되겠지만 몇 번 있던 일이니 크게 상관할 일은 아니다.

차원통제사는 언제나 최신 정보를 수집하고 자신이 얻지 못한 정보는 자신이 가진 것으로 교환해서라도 얻어 내야 하니 말이다.

"졸업 시험이 아직 남아 있기는 하지만 제군들 모두 졸업이 확실시되는 상황이라 한 가지 부탁을 하고자 한다."

다른 강의 때보다 더 진중한 목소리에 학생들의 시선이 쏠렸다.

"대변혁이 시작된 후, 우리 학교에서는 이사장님의 뜻에 따라 차원통제사 양성에 전력을 기울여 왔다. 그 성과로 야간학과가 개설되어 제군들이 입학한 후 주간학과와 차별을 두지 않고, 전력을 기울여 왔으니 자랑스럽게 생각해도 될 것이다. 하지만 첫 학기에 말했다시피 차원통제사는 그냥 양성이 되는 것이 아니다. 강의들이 실전처럼 진행되는 것도 그 때문이다. 제군들은 그동안 잘해왔다. 무지막지한 강의 일정에도 불구하고 탈락자 하나 없이 여기까지 왔으니 말이다. 내가 부탁하고 싶은 것은 다른 것이 아니다. 졸업을 하고 차원통제사 시험을 보기 전에 이곳에서 4년간 배운 것을 기반으로 해서 최대한 경험을 많이 쌓으라는 것이다. 그리고 지난 시간 동안 그래왔던 것처럼 동기들과 교류하도록 해라. 그것이 너희들의 생존 확률을 높일 테니 말이다. 내 말 알아들었나?"

"예, 교수님!!"

강상철의 말에 학생들이 일제히 큰 소리로 대답을 했다.

"좋다. 마음에 드는군."

다른 학과와는 달리 차원정보학과는 매년 상당한 수의 신입생을 받는다.

4년 동안 진행되는 커리큘럼을 마치고 나서 차원통제사가 되는 경우는 80퍼센트를 넘지 못하고 있다.

해가 거듭될수록 커리큘럼이 강화되었고, 강의와 실습이 진행되는 동안 차원통제사로 적합한 인재인지 평가해 철저하게 걸러졌는데도 그런 상황이 발생하는 것이다.

주간학과의 경우 졸업생이 입학생 대비 70퍼센트다.

그중 80퍼센트만이 차원통제사가 되는 것이다.

역으로 환산하면 차원정보학과 입학생 중 최대 56퍼센트만이 차원통제사가 되는 것이다.

야간학과는 처음 개설된 이후부터 주간학과보다 더한 강행군을 해왔다.

학생 수보다 좌석이 적은 강의실을 이용한 시간 통제와 함께 이어지는 강의를 통한 협상과 정보 교류하는 모습을 평가해 자연적으로 차원통제사로서의 소양을 얻도록 했다.

군부대의 특수전 전력이 받고 있는 고강도 훈련을 능가하는 통제 훈련, 세 가지의 다른 차원 언어 및 사회 문화 교육 등 초

엘리트 교육을 제공하고, 철저한 평가를 통해 뒤떨어지는 자는 가차 없이 쳐내도록 짜인 커리큘럼에서 야간학과 학생들은 놀라운 성과를 냈다.

전원 졸업을 앞두고 있는 것이다.

주간학과의 경우 졸업 인원을 70퍼센트도 채우지 못한 반면, 야간은 전부 졸업하기에 제자들을 바라보는 강상철의 눈빛에는 대견스러움으로 가득했다.

"졸업 시험이 끝나면 학기가 마감되니 오늘이 마지막 강의가 될 것이다. 오늘의 강의 내용은 차원 대변혁에 대한 것이다. 1학년 첫 학기의 메인 주제였기에 제군들도 잘 아는 내용이지만 차원통제사가 되려고 하는 제군들의 초심을 되살리기 위해 핵심만 요약해서 간단하게 강의를 진행하겠다. 모두 잘 알고 있는 내용이니, 필기는 필요 없으리라고 본다. 지난 시간을 상기하면서 집중해서 듣도록!"

학생들의 초심을 되살리기 위한 강의가 시작되었다.

1학년 1학기 초에 밤을 새워 공부한 내용이지만 학생들은 집중하지 않을 수 없었다.

이런 식의 요약 강의를 하지 않기로 유명한 이가 강상철 교수였다.

이렇게 다시 한 번 강조하는 것은 앞으로 차원통제사로 나서게 될 자신의 제자들에게 큰 지침이 될 것이라고 생각한 때문이었다.

"밀레니엄이 시작되는 그해 우리 지구는 대변혁을 맞았다. 차원의 경계가 개방되고 고차원으로 진화하는 조건이 맞춰지면서 차원을 넘나들 수 있게 된 것이다. 자, 그럼 여기서 질문! 지구와 연결된 차원은 몇 개인가?"

"지구와 연결된 차원은 모두 여덟 개입니다."

강상철과 눈이 마주친 앞줄의 학생 중 하나가 즉각 대답을 했다.

"맞다. 우리 지구와 연결된 차원은 모두 여덟 개다. 아홉 개의 차원이 합쳐져 있고, 우리는 이것을 지구 대차원이라고 부른다."

"그럼 연결되지 않은 차원의 수는?"

강상철이 또 다른 학생을 주시했다.

"지구 대차원의 경계를 넘어가면 무한한 차원이 존재한다고 배웠습니다."

"그렇다. 제군들도 배웠다시피 우리 대차원과 경계를 이루는 차원은 수도 없이 많다. 지난 연말까지 확인된 차원의 수가 127,854개라고 통계청이 발표했지만, 시간이 흐른 지금은 어느 정도나 늘어났는지 알 수가 없을 정도로 외계를 이루는 차원은 헤아릴 수 없이 많다. 이렇게 많은 차원들이 밝혀진 것은 모두가 제군들보다 앞서간 선배들이 있어서 가능한 일이었다. 그럼,

여기서 질문! 차원의 경계가 무너진 이유는 뭔가 하는 것이다."

강상철의 눈길이 성찬에게로 향했다.

"지구 대차원의 경계 면에서 발생한 대폭발로 인해 지구와 연결된 차원의 경계가 무너졌습니다. 이로 인해 지구에 속한 차원들이 합쳐지면서 차원 통합이 이루어지게 된 겁니다. 그 이후 지구 대차원과 쌍둥이 대차원이라고 할 수 있는 세 개의 대차원과의 경계가 무너지면서 고차원으로의 진화가 시작되었지만, 이것에 대한 원인은 알려져 있지는 않습니다. 원인에 대해서는 불명확하지만, 밀레니엄이 시작되는 2000년 00시를 기해 지구 대차원과 쌍둥이 대차원을 가로지르는 거대한 의지가 작용을 했고, 그로 인해서 고차원으로 진화하기 시작했다는 것이 학계의 정설로 굳어져 가고 있다고 알고 있습니다."

"맞다. 거대한 의지가 작용했다는 것은 모두가 짐작하는 바지만 정확하게 어떻게 진행된 것인지는 아직 명확히 알려진 바가 없다. 그렇다면 다시 질문하겠다. 대변혁이 시작된 후 또 다른 변화가 나타났는데, 그것이 무엇이지?"

강상철의 시선이 이번에는 성진에게 향했다.

"자가 각성입니다, 교수님. 자가 각성은 대변혁 이전의 능력자들의 각성과는 판이하게 다른 것으로 스스로 존재의 의미를 알게 되는 1차 각성, 그리고 진정한 능력이 발휘되는 발휘해 진성 각성자로 거듭나는 2차 각성으로 이루어져 있습니다. 2차 각성을 이룬 진성 각성자나 기존의 각성자들이 남긴 진언에 따르면 대변혁으로 이루어진 자가 각성은 대차원 간의 경계를 무너트린 거대한 의지가 인류에게 제공한 선물로 생존을 위한 방어기제이며, 세상을 향해 나아가는 기본적인 능력이라고 알고 있습니다."

성진의 대답이 흡족한 듯 강상철이 고개를 끄덕였다.

"그렇다. 세상의 변화가 찾아온 후 인류는 엄청난 변화를 겪었다. 전 인류가 1차 각성을 통해 자신의 존재가 가진 의미를 깨달은 후 지난 27년 동안 인류는 경이로울 정도로 엄청난 발전을 했다. 기존의 체계에서 말살되다시피 한 개인의 창조성이 그 어느 때보다 확장되었기 때문이지. 그렇지만 2차 각성은 다르다. 지금까지 2차 각성을 이룬 사람들은 1퍼센트도 채 되지 않는다. 1차 각성과는 다르게 전 인류에게 보편적으로 진행이 된 것이 아니기 때문이다. 엄청난 훈련과 노력한 자만이 2차 각성이 진행되는 것이 현실이다. 졸업 시험이 끝나고 졸업을 하게 되면 제군들은 2차 각성을 위한 시험에 들 것이다. 시험이 끝나고 2차 각성을 하게 된다면 차원통제사라는 자격이 자동으로 부여 되지만 실망할 것은 없다. 2차 각성을 하지 않는다고 해도 차원통제사가 될 수 있는 길은 열려 있으니 말이다. 그렇게 차원통제사의 자격을 갖게 된 제군들은 차원 간 교류를 담당하고, 외계의 차원에서 유입될지 모르는 위험을 제거하는 임무를 수행하게 될 것이다. 이제 시간이 얼마 남지 않았다. 졸업 시험이 끝나고 나면 되도록 많은 경험을 쌓아라. 졸업을 하고나서도 마찬가지다. 2차 각성을 위해 샴발라에 들어가기 전까지 할 수 있다면 최대한 많은 경험을 쌓도록 해라. 그러면 차원통제사로서 살아가게 될 제군들에게 큰 도움이 될 것이다."

"알겠습니다, 교수님!!"

"좋다. 이상으로 강의를 마치겠다. 이제 머지않아 더 큰 세상으로 나아갈 제군들의 무운을 빈다."

"차렷, 경례!!"

"감사합니다!!"

"하하하, 졸업식 때 보자."

과 대표의 구령에 따라 학생들이 일제히 고개를 숙여 인사를 하자 강상철은 웃으며 강의실을 나섰다.

'으음, 입학한 지가 엊그제 같은데 벌써 졸업이라니……'

차원정보학은 앞으로 세 번이나 강의가 남았는데 오늘이 마지막 수업이라니 기분이 이상하다.

차원정보학도 지난 시간에 진도를 다 나갔다.

교수님 성향으로 봤을 때 실습 위주로 진행이 될 것으로 예상했는데 이것으로 끝낼 모양이다.

일반 전공과목의 경우 대부분 지난주에 종강을 한 상황이라 어느 정도 예상은 했던 일이기는 하지만 이렇게 끝내니 뭔가 아쉬움이 남는다.

'강상철 교수님 강의가 끝났다면 다른 강의들도 마찬가지 상황일 텐데…….'

주요 전공과목은 대부분 차원정보학의 진도에 맞춰 진행이 되니 아마 오늘 전부 종강을 할 것 같다.

얼굴에 화색과 아쉬움이 도는 것을 보니 동기들도 이런 상황을 눈치챈 것 같다.

환호성도 지를 만도 하건만 동기들은 조용히 일어나 강의실을 나섰다.

다음 강의 시간까지는 여유가 있기에 매점에 가서라도 저녁을 먹을 모양이다.

우르르 몰려가는 폼이 마법학 강의실에는 시간에 맞춰서 갈 모양이다.

'마법학도 강의가 정상대로 진행이 되지 않고 종강할 것 같은데, 근호 형이나 동기들이 괜한 고생을 하겠군.'

차원정보학에서 진행된 강의 내용을 얻기 위해서 이미 진도는 다 나간 마법학 자료를 열심히 정리하고 있을 근호 형과 동기들이 안되어 보인다.

"형, 우리는 마법학 강의실로 갈까?"

"다른 녀석들은 저녁 먹으러 가는 것 같은데 그래야겠다. 죽으나 사나 친구 사랑이라고 했으니, 그 녀석들 괜히 고생시키지 말고 말이야. 그렇지만 너는 조용히 있어라. 한 번 놀려주게."

"큭! 알았어. 빨리 가자."

형과 함께 곧장 가방을 챙겨들고 강의실을 나섰다.

5분여를 걸어 외곽에 위치한 마법학 강의실을 찾았다.

마법학 강의실은 차원정보학 강의실과는 꽤 떨어진 부지에 별도로 지어진 건물이다.

원형 돔처럼 생겼는데 강의와 실습이 동시에 이루어지는 공간이다.

마법학 강의실에는 차원정보학 강의에 늦은 근호 형과 사인 방이 책을 들춰보며 열심히 필기를 하고 있는 중이다.

진도가 다 나가 어떤 강의가 진행이 될지 모르니 졸업 시험을 대비한 총괄 정리라도 하는 중인 것 같다.

우리가 들어 온 것을 알아차린 근호 형이 고개를 든다.

"너희들도 지각을 한 거냐?"

"그래, 인마. 정리는 다 했냐?"

"지금 열라 하는 중이다."

"크크크."

다시 고개를 박고 자료를 정리하는 모습을 보면서 성진이 형이 웃는다.

"자, 다들 주목!! 차원정보학은 강상철 교수님이 1학년 1학기 때 배운 대변혁에 대해서 요약 겸 당부하는 말씀만 하셨으니 다들 쓸데없는 일에 힘 빼지 마라."

성진이 형이 근호 형과 사인방에게 큰 소리로 외쳤다.

놀려 준다고 하더니 너무 열심인 모습에 마음을 접은 모양이다.

"성진아, 정말이냐?"

근호 형이 벌떡 일어났다.

"그래, 근호야. 진짜다."

"아이고! 마법진 자료를 총 정리하느라 손가락에 쥐가 나는 줄 알았는데 잘됐다."

손가락을 털며 안도의 표정을 짓고 있는 근호 형이다.

진도가 다 나가서 다른 것을 강의할지도 모른다는 생각에 꽤나 걱정이 됐나 보다.

"이야, 그럼 마법학 강의가 시작될 때까지 두 시간도 더 남았잖아? 이게 웬 떡이냐?"

"크크, 그렇게 좋냐?"

"당연하지, 인마. 차원정보학이 간당간당했는데."

"그래도 잘 따라가면서 왜 그렇게 엄살이냐?"

"강의도 강의지만, 수련도 그렇고…… 가게가 워낙 바빠야

말이지."

"그렇기는 하지."

학교 수업뿐만 아니라 삼환문의 절기도 수련해야 하고, 거기다가 분식집 주방까지 맡고 있는 근호 형이다.

그렇게 바쁘게 일하는데도 잘 따라 오고 있는 것을 보면 정말 열심히 노력을 하는 형이다.

만약 자신의 능력을 키우기 위해 주방 일만 하지 않았다면 성진이 형 대신 수석을 했을 정도로 재능이 있는 형이기도 하다.

"크크, 좋은 소식 하나 더 전해주랴?"

"좋은 소식이라니?"

"강상철 교수님이 그러시는데, 너 강의 시간에 그만 좀 보자고 하신다."

"야, 인마. 그게 무슨 좋은 소식이냐?"

근호 형이 얼굴이 붉어지며 큰 소리를 낸다.

성진이 형이 놀리지 않으려 했다는 것은 취소다.

아주 고단수다.

"크크크, 이 새끼 강제 퇴학당할까 봐 겁먹었네. 걱정 마라, 인마. 오늘 지각은 학점에 반영이 되지 않는 것 같으니까."

"바, 반영이 되지 않다니, 무슨 말이냐?"

근호 형이 놀란 눈으로 말을 더듬는다.

"지난 주로 커리큘럼이 다 끝난 모양이더라. 졸업 정원도 딱

맞게 채웠고. 차원정보학은 오늘로 종강했다.”

“우와!!!”

근호 형을 비롯해 지각을 한 동기를 모두 일제히 환호성을 지른다.

야간학과에서 배우는 주요 전공과목 중 가장 방대하고 어려운 것이 차원정보학이다.

졸업 시험이 남아 있기는 하지만 나머지는 일정 수준에 도달했기에 이제 기나긴 학교생활이 이제 끝났음을 알려주는 소식이라 좋아하는 것 같다.

“그런데 다른 놈들은 어디 있냐?”

“어디 있겠냐? 굶주리는 배 속에 들어 있는 식충이들 죽이러 갔지.”

“내 이놈들을!!”

“화내지 마라. 다들 금방 올라올 테니.”

“그렇기는 하지만 이거 꽤씸한데. 동기라는 놈들이 우리만 쏙 빼냈다는 말이지?”

“근호야, 뭘 하려고?”

“제군들! 다들 나를 따라와라.”

근호 형이 근엄한 표정으로 한마디 한 뒤 가방에 노트와 책들을 챙기고는 곧장 강의실을 나선다.

성진이 형을 비롯해 나와 사인방은 엄마를 따르는 아기 오리

처럼 뒤를 따랐다.

'크크, 성진이 형도 참 고단수야.'

성진 형이 근호 형을 자극한 것은 바로 이런 상황을 예상해서다.

자신들끼리 저녁을 먹으러 간 동기들 이야기를 들으면 근호 형은 틀림없이 열이 받을 테니 말이다.

우리가 저녁을 먹지 않았다는 것을 알고 있는 근호 형은 다른 동기들에 대한 반발로 자신이 만든 음식으로 저녁을 먹이려 할 것이기에 이런 식으로 자극을 준 것이다.

"형! 우와, 대단한데. 근호 형을 자극해 음식을 만들게 하다니 말이야."

"어차피 시간이 남았으니 내가 자극하지 않아도 우리에게 저녁을 만들어줄 놈이다. 저놈하고 사인방이 지각한 것을 보면 뭔가 준비를 한 것 같아서 한 번 찔러본 거다."

"하긴, 근호 형하고 사인방이 일이 없다면 지각할 사람들이 아니지. 뭘 준비하느라고 늦은 걸까?"

"뭐긴! 전에 종강 파티 이야기를 얼핏 꺼내는 것 같았는데, 버프 걸린 음식을 준비했겠지."

"오늘 호강 좀 하겠는데."

"그럼. 근호 솜씨야 근방에서 알아주니 근사할 거다."

"아! 생각하니까 배고파진다."

"에구! 라면 먹은 지 얼마나 됐다고. 조금만 참아라."

"그래도 침 넘어가는 걸 어떻게 해."

"그렇기는 하지."

이제 실력이 많이 늘어 음식을 만드는 속도가 아주 빠르기도 하지만 맛을 내는 데도 일가견을 이루었다.

더군다나 근호 형의 능력을 활용한 특별식 같으니 정말 기대가 된다.

"그나저나 오늘은 저 녀석이 뭘 만들어 줄지 궁금한데 말이야."

"저렇게 위풍당당한 것을 보면 새로운 레시피를 개발한 것 같다."

"설마 다른 차원의 재료들로 만든 건가?"

"모르지. 구하기가 아주 어려우니 말이다."

능력을 발전시키기 위해 다른 차원의 재료들로 새로운 요리를 만들어 내놓고는 하지만 몇 개월에 한 번이 고작이다.

식재료를 구하는 것이 만만치 않아서다.

그렇게 형과 대화하는 사이에 벌써 분식집에 도착을 했다.

저녁 시간이라서 그런지 손님들이 홀에 가득 차 있었다.

들어가자마자 성진이 형이 넉살좋게 인사를 했다.

"어머님, 아버님! 저희 왔습니다."

"호호호, 어서 와라."

"어서들 와라."

홀과 주방에 있는 근호 형 부모님이 환하게 웃으며 우리를 맞는다.

"아버지, 나 잠깐 주방 좀 쓸게요."

"그래라."

"너희들은 자리에 앉아 있어라."

"알았다."

근호 형은 한마디 하고는 음식을 만들기 위해 주방으로 들어가자 주문을 받고 계시던 어머님이 다가왔다.

"성진아, 지금 강의 시간 아니니?"

"오늘 종강했어요, 어머니. 마법학 강의 시간까지는 아직 멀었고, 근호가 맛있는 것 만들어준다고 해서 이렇게 저녁 먹으러 왔어요."

"그렇구나. 저기 자리가 비었으니 어서 앉아라. 얼른 치워줄게."

근호 형 어머니께서 마침 단체 손님들이 자리를 털고 일어나는 것을 보시더니 우리에게 권했다.

"그런데 다른 학생들은?"

"종강하자마자 다들 저녁 먹으러 매점으로 갔어요."

"이런 어쩌. 우리 근호가 새 레시피를 개발해서 오늘 친구들에게 시식시켜 준다고 준비를 많이 한 모양이던데 말이야."

"하하하, 다 그놈들 복이지요, 뭐. 덕분에 우리만 호강하게 생겼네요, 어머니."

"호호호, 그렇기는 하다. 그리고 너희들이라면 남을 염려는 없을 테고. 근호가 금방 내올 거다. 맛있게들 먹고."

맛있게 먹으라고 말씀하신 어머니가 자리를 뜨셨다.

홀에 가득 찬 손님들에게 서빙을 해야 하기 때문이다.

"어머님은 잠시 쉬세요. 자, 다들 음식 나올 때까지 각자 위치로!"

성진이 형이 근호 형 어머니를 자신의 자리에 앉히고 지시를 내렸다.

나를 비롯해 동기 일행은 홀을 가득 채운 손님들에게 서빙을 하기 시작했다.

손님들이 먹을 음식은 근호 형 아버지가 만들고 계셨다.

부전자전인지 근호 형이 요리한 음식이 아주 빠르게 나왔고, 우리의 서빙도 금방 끝이 났다.

"아휴, 이젠 됐다. 다들 이리 와서 먹어라."

서빙을 하는 사이 우리가 앉아 있던 식탁에는 음식들이 잔뜩 차려져 있었다.

근호 형 어머니 말씀에 서빙을 재빨리 마무리하고 우리 자리로 왔다.

"우와! 진짜 땡잡았네."

"그러게. 때깔부터가 다르네."

차려진 음식들은 아주 먹음직스러웠다.

잘 구워진 고기부터가 입안에 침이 고일 정도로 맛있어 보였다.

더군다나 근호 형의 능력이 가미된 것이라 몸에 좋은 것이니 다들 먹고 싶어 안달이 났다.

아직 요리할 것이 있는지 주방에서 근호 형이 나오지 않아 맛있는 음식을 보며 침만 삼키는 것이 고역이 아닐 수 없다.

탁!

마지막 요리를 완성한 근호 형이 주방에서 직접 커다란 접시를 들고 나와 탁자 위에 놓더니 자리에 앉았다.

"자, 먹자."

"근호야, 그런데 그건 뭐냐?"

성진이 형이 대표로 질문을 했지만 우리 모두 궁금하지 않을 수 없는 상황이다.

탁자 중앙에 놓인 접시 위에는 지구에서는 볼 수 없는 것들이 차곡차곡 쌓여 있었기 때문이다.

"자식들! 너희들 오늘 횡재한 줄 알아. 이게 바로 브리턴에서만 난다는 레인보우 크랩이다."

"레인보우 크랩?"

"그래, 인마. 일곱 가지 색깔에 일곱 가지 맛이 난다는 전설의 레인보우 크랩이 바로 이놈들이다. 흐흐흐, 대차원에 존재하는 크랩 중에 최고의 맛이라고 알려진 브리턴 특산품이지.”

“우와!!”

모두에게서 감탄성이 터져 나왔다.

마리당 100만 원을 호가하는 레인보우 크랩을 이렇게 먹을 수 있어서다.

“하하하하! 각자 색깔별로 일곱 마리씩 맞춰 놨으니 어서 먹어봐라. 대신 색깔별로 한 마리씩만 먹어야 한다.”

근호 형의 말이 떨어지기 무섭게 너나 할 것 없이 레인보우 크랩에 손을 댔다.

이제부터 포식이 시간이다.

콰직!

“쩝!”

먼저 집게 다리를 잘라 안에 들어 있는 살을 발라 입에 넣었다.

‘으음. 죽이는구나.’

그야말로 환상적인 맛이 났다.

그렇게 색깔별로 집게 다리를 잘라서 하나씩 맛을 보았다.

빨주노초파남보의 일곱 가지 색처럼 레인보우 크랩에서는 일곱 가지 맛이 났다.

붉은색은 매콤하고, 주황색은 달콤하고, 노란색 크랩은 새콤

했다.

그렇지만 크랩의 풍미를 해치치지 않고 묘한 조화를 느낄 수 있는 아주 재미있는 맛이었다.

나머지도 마찬가지다.

짭짤한 맛과 입안이 환해지는 맛, 약간 쌉쌀한 맛과 톡 쏘는 맛이지만 크랩 특유의 맛과 잘 어우러져 있다.

어째서 대차원 최고의 크랩 요리를 레인보우 크랩 찜으로 손꼽는지 알 것 같은 맛이다.

게딱지를 열어 레인보우 크랩의 살은 다 발라 먹고 난 후, 다른 음식들은 게딱지에 남아 있는 게장을 찍어서 먹었다.

본연의 풍미를 살리기 위해 간을 세게 하지 않고 만들어진 음식들이 게장과 만나서 만들어 내는 풍성한 맛의 향연은 우리들에게 더할 나위 없는 기쁨을 선사했다.

우리들은 그렇게 식탁에 가득 놓여 있는 접시들을 빠르게 비워 나갔다.

가게에 남아 있던 손님들이 기가 질릴 정도로 말이다.

식탁 위에 가득 했던 음식들을 순식간에 비워내는 우리를 보면서 배 속에 거지가 들어 있는 줄 알았을 것이다.

"쩝! 내가 만든 거지만 정말 맛있군."

"쩝, 쩝! 더 먹고 싶어도 배가 꽉 들어차서 더 이상은 못 먹겠다, 근호야."

"나도. 배가 터질 것 같아, 형! 근호 형이 만든 음식은 마약이라니까, 마약!"

식탁을 깨끗이 비운 우리들은 배를 두드리며 포만감을 만끽했다.

근호 형도 우리들이 먹는 모습에 만족한 듯 엷은 웃음이 입가에 맴돌고 있었다.

"이제 저녁도 먹었으니 학교로 올라가자. 마법학 강의 시간은 맞춰야 하니까."

"벌써 시간이 그렇게 됐나?"

근호 형이 만든 요리들이 워낙 많은 양이라 먹는데 시간이 꽤 걸린 모양이다.

강의를 시작하기까지 40분 정도 밖에 남지 않았다.

"성진이 형, 설거지를 하고 바로 올라가야 할 것 같아."

"그래, 일어나자. 이제부터 접시를 나른다. 실시."

성진이 형이 접시를 잡으며 자리에서 일어나는 것과 동시에 지시를 내렸다.

빈 접시들을 곧바로 주방으로 날라졌고, 우리들은 익숙한 솜씨로 5분 만에 설거지를 모두 끝낼 수 있었다.

"이런, 그냥 놔두지. 설거지도 끝냈어?"

"아니에요, 어머니. 당연히 우리가 해야 할 일인데요, 뭘."

"그래, 고맙다. 강의 늦겠다. 어서 올라가라. 또 오고."

"예, 어머니. 또 올게요."

"감사히 먹고 갑니다!!"

"그래, 얼른 올라가라."

일제히 인사를 한 후에 어머니의 배웅을 받으며 가게를 나서 학교로 향했다.

얼마나 많이 먹었는지 다들 팔사걸음이다.

"근호야, 어떻게 레인보우 크랩을 구한 거냐? 지구에서도 쉽게 볼 수 없는 것인데."

"아버지 지인이 보내주셨다. 브리턴에서 거주하고 계신데, 이번에 레인보우 크랩을 양식하는 데 성공하셨나 봐. 차원 무역을 시작하기 전에 지구 방식으로 어떻게 요리를 하면 좋을지 기본 레시피를 만들어달라고 말이야."

"그럼 아버님한테 보내온 것 같은데, 레시피는 네가 만들었어?"

"어쩔 수 없었어. 아버지가 만드시면 자칫 에너지 간섭을 일으키실 수도 있어서 내가 만드는 수밖에."

"으음, 아무래도 아버님 지인이라는 분이 네가 차원학과에 다니는 것을 알고 부탁한 것 같은데?"

"아마 그럴 거야. 만들어진 음식들은 나와 내 친구들이 시식해 봤으면 한다고 말씀을 하셨다고 하니 말이야."

'이거 누군지 알아봐야 할 것 같은데?'

정부에서 통제하기 때문에 차원을 넘어 식재료를 보낸다는 것이 그렇게 쉽지 않은 일이다.

지금까지 근호 형이 다뤄본 식재료들이 손에 꼽을 정도로 말이다.

성진이 형과 대화하는 것을 들어보니, 브리턴에 있다는 사람은 분명히 근호 형뿐만 아니라 우리에 대해서 알고 보낸 것이 분명하니 말이다.

근호 형이 요리한 것들이 진성 능력자들이 발휘하는 버프를 능가하는 능력이 담겨 있다는 것은 모를 테지만 차원통제사가 되려는 것을 알고 일부러 보냈을 것이다.

브리턴 차원으로 넘어가게 되면 그 지인이라는 분을 한번 만나봐야 할 것 같다.

아무래도 정부 교류와는 별도로 지구와 연결점을 만들려고 하는 것 같으니 말이다.

"근호 형, 나중에 도움을 주실 수도 있을 것 같은데 감사 인사라도 드려. 귀하다는 브리턴 차원의 레인보우 크랩을 보내고, 레시피까지 만들어 달라고 부탁할 정도면 형을 정말 많이 아끼는 것 같으니 말이야."

"이미 편지를 보냈다. 답장도 보내셨는데 차원통제사가 된 후에 브리턴으로 한번 오라고 하셨다."

"잘했네."

'형은 아직 잘 모르겠지만 알게 되면 아마도 엎드려 절을 드려야 할 거야. 그 사람이 베푼 호의라는 것이 무척이나 굉장한 거니까 말이야.'

브리턴에 있다는 근호 형 아버지의 지인이라는 사람이 베풀어준 호의는 범상치 않은 것이다.

브리턴에서만 난다는 레인보우 크랩을 처음 봤을 때 나도 모르게 심안을 활용해 관찰을 했다.

레인보우 크랩을 먹는 동안 우리가 배워서 알고 있는 것과는 많이 다르다는 것을 알았다.

알아낸 대로라면 레인보우 크랩의 양식에 성공해서 보냈다고는 했지만 절대 그것은 아닐 것이다.

일곱 색깔의 레인보우 크랩은 아주 적은 양이지만 지구 대차원을 구성하는 세상들의 에너지를 간직하고 있었다.

이놈들만 그런 것인지 아니면 레인보우 크랩 전부가 그런 것인지는 모르지만 일곱 세상의 가장 순순한 기운을 가지고 있다는 사실에 무척이나 놀랐다.

크랩들의 상호 융합 작용을 생각한다면 거의 영물이나 다름없는 것이니 말이다.

어느 정도 경지에 다다르기는 했지만 성진이 형이나 다른 사람들은 레인보우 크랩이 가진 이런 비밀에 대해 아직 깨닫지 못하고 있다.

'이런 에너지를 품고 있는 크랩들을 양식을 했을 리는 절대 없지. 브리턴에서도 레인보우 크랩을 구하는 것이 그렇게 어렵다고 들었는데 상당한 양을 보낸 것을 보면 보통 사람은 아닐 것이다. 진성 각성자 중에서도 최소한 초월자에 다가선 사람일 테지.'

2차 각성이 끝낸 이들 중에 간혹 3차로 각성하는 이들이 있다. 인간의 한계를 넘어선 자들로 우리는 그들을 초월자라고 부른다.

2차 각성자들이 한 세상의 기운에 특화된 것에 반해 초월자들은 대차원에 연결된 세상들의 기운을 전부 다룰 수 있다고 알려져 있다.

'초월자라면······.'

어쩌면 레인보우 크랩에 자신이 다둘 수 있는 에너지를 담아 보낸 것일 수도 있다는 생각이 들었다.

'아무래도 차원통제사가 되면 근호 형과 함께 브리턴에 제일 먼저 가야 할 것 같구나. 친구들과 함께 먹으라고 보낸 것을 보면 우리 모두를 초대한 것 같으니 말이야.'

브리턴에 있는 지인이라는 분은 근호 형에게만 선물을 보내 온 것이 아닌 것 같다.

성진이 형과 나, 그리고 근호 형을 비롯한 사인방은 하나로 묶인 사람들이니까 말이다.

우리 인원은 모두 일곱 명이다.

그리고 우리가 먹은 레인보우 크랩은 정확하게 49마리다.

친구들과 같이 시식해 보라고 했다면 이런 상황까지 전부 짐작하고 있었을 것이 분명했다.

2차 각성이 끝나고 나면 오늘 레인보우 크랩을 먹은 우리들은 차원들을 이루는 에너지를 조금이나마 가지게 될 테니까 말이다.

'어쩌면 근원의 에너지가 일곱 가지가 아닐 수도 있다. 지구 대차원을 이루는 차원의 수가 모두 아홉 개이기도 하고, 레인보우 크랩에서 아르고스를 활용한 심안으로도 정확하게 파악할 수 없는 에너지 흐름이 두 개나 느껴졌으니까 말이야. 이런, 벌써 다 왔구나.'

생각에 잠겨 있다 보니 어느새 마법학 강의실에 와버렸다.

매점에서 저녁 식사를 때운 동기들이 하나둘 강의실로 들어가고 있는 중이다.

10분 정도 남은 시간에 우리 일행도 강의실 안으로 들어가 수업을 받을 준비를 했다.

마법학 강의실은 좌우에 통로가 있는 원형의 강의석을 가지고 있다.

마치 고대 콜로세움 같은 형상이다.

지름이 15미터 정도 되는 원형의 강단에는 마법학 주임교수인 유진호 교수가 서 있다.

"정확하게 200명이군."

맨 마지막으로 들어와 자리에 앉는 나를 보며 유진호 교수가 말했다.

학생들을 하나하나 세고 있었던 것 같다.

"차렷! 인사!"

"안녕하십니까!!"

대표의 구령에 다들 큰소리로 교수에게 인사를 했다.

"차원정보학은 종강을 했고, 내가 맡은 마법학도 진도는 전부 나갔으니 오늘 종강할 생각이다."

"……"

즐거워 난리를 칠 일이지만 다들 조용하다.

다들 유진호 교수의 까칠한 성격을 아는 탓이다.

여기서 환호했다가는 교수님의 성격상 어쩌면 권총을 차야 할지 모른다.

자신의 감정을 통제하는 학생들을 보면서 유진호는 고개를 끄덕였다.

실질 평가에서 한 명도 빠짐없이 2차 각성이 가능하다는 판정을 받은 이들 다운 모습이었다.

"으음, 좋아. 조용해서 좋군. 제군들! 4학년, 8학기 동안 수고 많았다. 오늘 종강을 기념해서 본 교수는 제군들에게 한 가지 마법을 보여주고자 한다. 지금부터 본 교수가 펼칠 마법의 이름은 에너지 융합 전이라는 것이다. 차원통제사라면 에너지가 융합되는 상황을 수시로 겪어야 하기에 미리 경험해 보라는 뜻에서 베푸는 내 마지막 선물이다."

"감사합니다!!!"

갑작스러운 말이지만 강의에 들어 온 200명의 학생들이 일제히 고개를 숙이며 인사를 했다.

유진호 교수의 마법 시연은 정말 특별한 혜택임을 모두가 잘 아는 까닭이다.

"그럼 시작하겠다."

말이 끝남과 동시에 유진호 교수의 머리 위로 마법진이 나타났다.

의식의 각인으로 이루어지는 고난도의 공간 마법진이다.

'브린턴에서 최고라고 알려진 센트싸인 마탑에서 학위를 따셨다고 하더니……?.'

내가 태어난 해에 차원의 경계가 열렸다.

고작 27년밖에 지나지 않았는데 저 정도 경지의 공간 마법을 시전하다니 정말 놀라운 일이다.

대차원에 연결된 세상의 기운들이 유진호 교수의 손끝을 따라 그의 머리 위에 몰려든다.

'예전이라면 몰랐을 테지만, 레인보우 크랩 덕분인가? 선명하게 느껴지는군.'

지구 대차원을 이루는 차원들의 근원 에너지들이 융합되고 있는 중이다.

허공에 휘도는 에너지 입자들이 일곱 가지 광채를 발하는 모습이 신비롭기까지 하다.

'저 일곱 가지 빛 이외에도 적외선이나 자외선처럼 시각으로는 보이지 않는 빛이 있다고 했었는데······.'

교수님이 융합하고 있는 에너지는 지구 대차원에 연결된 차원들의 수와 같은 아홉 가지다.

일곱 가지는 누구나 볼 수 있지만 지구와 브리턴의 것은 2차 각성자인 진성 각성자가 되어야만 볼 수 있다고 하니 조금은 아쉽다.

'하지만 이렇게나마 확연히 볼 수 있는 것이 어디냐. 좀 더 집중하자.'

네 개의 대차원을 이루는 에너지들이 융합하고 난 뒤 모든 것이 변했다고 한다.

지구 대차원에 속한 차원들의 에너지들도 마찬가지다.

대차원을 이루는 근원의 에너지가 변하고 난 뒤 본래 세상에 존재하던 에너지들이 진화했기 때문이다.

'레인보우 크랩을 먹을 때 뭔가 아련해 보이던 에너지 흐름들이 바로 지구와 브리턴의 기운이었구나.'

레인보우 트랩 덕분인지, 아니면 정신을 집중해서인지 개개의 특성이 아주 선명하게 느껴진다.

눈으로 보이는 것뿐만 아니라 보이지 않는 것까지 확연하게 말이다.

바탕에는 거대한 에너지 흐름을 깔고 있지만 저 입자들은 각각의 차원을 움직이는 근원이다.

본래 가지고 있던 특성이 더욱 진화해 새로운 형태가 되었다고 하는데 이렇게 실체를 확인해 보니 정말이지 경이롭기 그지없다.

'진화한 에너지를 다시금 융합할 수 있다니, 교수님은 정말 대단한 분이다. 지구가 브리턴과 마찬가지로 세상을 연결하는 교차점이라고는 하지만 이렇게 실현이 가능할 줄을 몰랐는데, 자세하게 봐두자.'

에너지들이 어떻게 융합하는지 집중하려고 애를 썼다.

나도 그렇지만 동기들이나 형들도 마찬가지인지 숨소리 하나 내지 않고 에너지의 흐름을 관측하고 있다.

일곱 색의 에너지, 아니, 정확하게는 아홉 개의 에너지 흐름이 유진호 교수님의 머리에서 하나로 합쳐졌다.

'우와! 대단하다.'

서로에게 이끌려 하나가 되어가다가 종내에는 완벽하게 하나로 융합되는 모습이 경이롭게 다가왔다.

'저게 융합 에너지구나.'

검은빛을 가졌지만 은은한 광채가 흐르는 에너지 구체가 천천히 자전을 하고 있었다.

스르르르

구체가 유진호 교수의 손길을 따라 움직인다.

허공을 날아 천천히 움직이더니 맨 아래 좌석으로 다가오고 있다.

앉아 있는 학생들 머리 위를 천천히 지나치는 구체는 한껏 자신의 존재감을 과시하고 있다.

차원통제사가 되려는 우리에게는 천금의 기회나 마찬가지이기에 다들 구체에서 흘러나오는 에너지의 파장을 느끼고 기억하려 애를 쓴다.

'나도 전력을 다하자. 이런 기회는 다시는 없을 테니⋯⋯.'

구체가 마지막 자리에 앉아 있는 내 머리 위를 지나칠 때 각 세상의 기운이 융합된 에너지를 카피하듯 간직했다.

구체가 지나간 후 유진호 교수님을 보았다.

티를 내려하지는 않았지만 전력을 다하는 것이 역력히 느껴진다.

'저렇게 대단한 분도 힘겨워하시고 계시구나.'

브리턴의 최고 마탑이라는 센트싸인에서 7서클의 마력을 쌓고, 6클래스의 마법을 완전히 마스터한 분이 바로 유진호 교수님이다.

통일 대한민국의 최고 마법사라 불리는 분이 제자들을 위해 안간힘을 쓰는 모습을 보니 마음이 뜨거워진다.

'감사합니다, 교수님.'

학생들을 못 잡아먹어 안달이 났다는 평판을 듣는 분이라는 사실이 새롭게 다가온다.

그것이 모두 제자들을 위한 것이라는 생각에 마음이 무거워졌다.

'우리 학교에서는 정말 대단한 분들을 교수진으로 두고 있구나.'

차원정보학 강상철 교수님, 마법학 유진호 교수님, 그리고 다음 강의 시간에 보게 될 전투관제학의 김찬호 교수님.

우리 과의 교수진들은 모두가 대한민국의 탑이었던 분들이다.

그런 교수진들을 만나 차원통제사에 도전하는 것이 어쩌면 행운이라는 생각이 들었다.

제 8 장

학생들에게 에너지를 느껴보게 하려는 교수님의 배려를 생각하며 집중하는 사이 어느새 시연이 끝나가고 있었다.

시연이 막바지에 다다른 것인지 교수님의 얼굴이 약간 창백해져 있었다.

그렇게 마지막 학생까지 도달하자 구체를 회수한 후 흩어버린 교수님이 학생들 둘러보며 말했다.

"자, 제군들! 많이 느꼈나?"

"감사합니다, 교수님!!"

나를 비롯해 학생들이 일제히 진심 어린 감사 인사를 했다.

나처럼 교수님의 진의를 알아차린 모양이다.

그간 교수님들이 우리를 몰아치던 일들을 다 잊어버린 듯 눈시울이 벌겋다.

"언제 다시 보게 될지 모르지만 제군들의 앞날에 행운이 깃들기를 빈다. 이상!"

"차렷! 경례!"

과 대표의 구령에 맞춰 일제히 인사를 했다.

교수님이 강의실을 나갈 때까지 고개를 든 학생은 아무도 없었다.

"교수님이 무리한 것 같지, 성찬아?"

"그런 것 같아, 근호 형."

"우리를 들들 볶을 때는 그렇게 보기 싫었는데, 마음이 짠하네."

"다 우리들 잘되라고 그런 같아서?"

"그래, 인마."

"형도 그런 말을 할 때가 있네."

"교수님이 오죽 날 괴롭혔냐? 밥통 대가리에 밥만 담지 말고 마법진이라도 하나 더 담으라고 말이야."

"덕분에 마법학은 A+ 학점 맞았잖아."

"그렇기는 하지만, 에유! 지난 4년간 고생한 것을 생각하면……."

마법학 강의 시간에 유호진 교수의 주요 타깃은 근호 형이었다.

강의 시간마다 한 번도 빼놓지 않고 질문을 했었다.

대답이 미적거리거나 틀리기라도 하면 가차 없이 몰아쳤기에 동기들이 모두 불쌍해할 정도로 닦달했다.

에너지 융합체가 근호 형 머리위에 가장 많은 시간 머물러 있었으니 근호 형도 이제는 알 것이다.

가장 아끼는 제자를 위해 유호진 교수가 무리를 했다는 것을 말이다.

"그나저나 미안하다. 나 때문에 너는⋯⋯."

"걱정하지 마, 근호 형. 나도 어느 정도 감을 잡았으니까 말이야."

"하긴, 네가 마지막에 있어서 교수님도 그리 무리를 하셨을 테지. 너는 동기생들 중에서 에너지 민감도 제일 높으니까 말이야."

"그러면 뭐 해. 마법학은 A학점밖에 못 받았는데."

"어허, 무슨 소리. 그거야 네가 강의에 세 번 빠진 것 때문이잖아. 그렇게 빠져 놓고 권총은커녕 A라니 자괴감이 느껴진다, 이 녀석아."

"하하하하, 그렇게 되나?"

의뢰 때문에 어쩔 수 없이 마법학 강의 시간에 세 번을 빠져야 했다.

성진이 형도 마찬가지다.

그 탓에 성진이 형은 B학점, 나는 A학점을 받아야 했다.

다른 이들이라면 D를 받았을 것이다. 마법학 시험에서 높은 점수를 받지 않았으면 불가능한 학점이었다.

"성진아, 전투관제학 강의까지는 한 시간 정도 남은 것 같은데, 미리 가 있을까?"

"몸이라도 풀어두려고?"

"김찬호 교수님이라면 다른 교수님들처럼 끝내지 않을 것 같아서 말이야."

"그렇기는 하겠지. 그래, 가자. 몸 좀 풀어놔야지. 잘못하면 몸살이 날지도 몰라. 다들 일어나라."

성진이 형이 먼저 일어섰다.

우리들도 모두 자리에서 일어나 지하에 있는 전투관제실로 향했다.

차원정보학 시간과는 달리 다른 동기들도 김찬호 교수의 성격을 알고 있기에 다른 데로 새지 않고 전투관제실로 향한다.

전투관제학 차원통제사가 차원 교류를 통제하는 과정에서 일어날 수 있는 전투 상황을 관제하는 법을 배우는 전공과목이다.

말이 학문이지, 다양한 상황의 전투를 배우는 것이 다다.

그동안 가상현실을 이용한 전투 시뮬레이션과 실습을 반복하며 단련해 왔다.

교수님의 평소 성격이라면 이번이 마지막 시간이니, 실전에 준하는 실습을 할 것 같다.

'역시나군.'

아니나 다를까, 전투관제실로 가니 김찬호 교수님이 몸을 풀고 있다.

그것도 전투 슈트를 입은 채로 꼼꼼하게 말이다.

'오늘 그 자식들 하고 드잡이질할 때 마음껏 싸우지 못했는데 몸 좀 풀겠군.'

공사장에서 태연파 놈들과 주먹다짐을 하기는 했지만, 자제를 해야 했기에 몸이 찌뿌둥한 상태라 김찬호 교수님이라면 좋은 상대가 되어줄 것 같다.

"오호, 매점에 가서 노닥거릴 줄 알았는데 말이야."

학과생 중 한 명도 빠지 않고 전투관제실에 들어온 것을 확인한 김찬호 교수님이 흥미로운 표정으로 말했다.

"빠진 놈도 없고 하니, 곧바로 수업을 시작하지. 10분 줄 테니 몸 풀어라. 오늘은 차륜전이다."

'오늘 곡소리 좀 나겠군.'

차륜전은 1대 200의 전투로 교수님께서 우리들을 연속으로 상대한다는 소리다.

얼핏 보기에 교수님에 불리할 것 같지만 나와 동기들에게는 절대 유리하지 않은 수업 방식이다.

김찬호 교수님이 전력을 다한다는 소리이니 말이다.

종강 시간에 차륜전을 한다는 것은 차원 통제 시 벌어지는 전투가 얼마나 위험한 것인지 알려주려는 의도가 분명하다.

우리들을 상대하는 자신의 모습을 보면서 떼거리로 몰려오는 몬스터들을 상대하는 법을 배우라는 뜻이기도 하다.

나를 비롯해 동기생 모두가 서둘러 몸을 풀었다.

'이런!'

사라진 줄 알았는데, 다 몸을 풀지 못했는지 태연과 놈들과의 드잡이질로 인해 남아 있던 투기가 일어났었다.

'침착하자.'

제자들을 위해 마지막 열의를 불태우는 교수님에게 살의를 가진 투기의 잔향을 느끼게 하고 싶지 않다.

실전이나 다름없는 강의라 여파가 없을 수 없기에 마음을 가다듬었다.

일부이기는 하지만 졸업하기 전에 내가 가진 진짜 모습을 교수님에게 보여 드리고 싶기 때문이기도 하다.

몸을 풀고 난 뒤, 전부 전투 슈트로 갈아입었다.

대변혁이 일어나고 정확히 10년이 지난 뒤에 만들어진 전신에 밀착하는 검은색의 통짜 슈트다.

내가 가지고 있는 것보다는 못하지만 수련을 위한 양산 형으로 상당히 좋은 성능을 자랑하는 것이라 학교 측에서 차원정보학과의 학생들을 얼마나 생각하고 있는지 느낄 수 있었다.

진짜 전투 슈트의 다운그레이드라고 할 수 있는 버전이지만 무시할 수 없는 성능을 가지고 있다.

　이제는 구시대의 유물이 된 소총으로는 절대 뚫을 수 없는 방탄 능력과 오러를 사용하지 않으면 웬만한 검으로도 흠집 하나 나지 않는 방어구다.

　피부에 접촉하면 신경계와 연결되어 가지고 있는 능력을 최대한 발휘할 수 있도록 만들어진 것이라 일체화가 된다.

　통신과 마법 장비만 갖추지 않았지, 전투 슈트와 하나도 다르지 않기에 학교 밖으로의 반출이 절대 금지되어 있는 품목이다.

　전투 슈트를 갈아입은 후에 김찬호 교수를 포위하듯 둘러쌌다.

　차륜전을 위한 기본 포메이션이다.

　준비가 갖추어지자 김찬호 교수님이 자신의 오러를 사방으로 퍼트렸다.

　'대단하군. 여태까지 진행했던 것과는 차원이 다르다.'

　지금까지 해왔던 차륜전과는 다른 양상이다.

　초인이라 일컬어지는 진성 각성자가 뿌리는 살기 어린 기세에서 흘러나오는 압박감이 장난이 아니다.

　지―이이이잉!

　교수님의 오러가 퍼진 후 푸르스름한 장막이 강의실 외곽을 둘러쌌다.

뒤이어 일곱 가지 광채가 교수님의 손짓을 따라 대기 중에 머물더니 바닥에 가라앉았다.

'이거 뭐야? 마법학도 그러더니…….'

지하에 마련된 전투관제학 강의실은 좀 특별한 공간이다.

브리턴에서 유래됐다는 마법진을 활용해 2차 각성 후에 가지게 되는 힘을 일부나마 사용할 수 있게 해주는 특별한 장치가 있다.

졸업 시험 때나 가동하는 장치인데 지금 가동을 하다니, 이상했다.

"준비가 끝났나?"

"끝났습니다, 교수님!!"

당혹스러워하면서도 나와 동기들은 일제히 대답을 했다.

"좋아. 오늘은 특별한 날이라 시뮬레이션 마법진을 가동했다. 제군들에게 기회가 될 테니 놓치지 말도록!"

시뮬레이션 마법을 가동한다는 말에 다들 식겁했지만, 그것을 말하는 동기들은 하나도 없었다.

김찬호 교수님은 절대로 자신의 말을 철회하는 법이 없기 때문이다.

'아예 작정을 하셨군. 하지만 이것도 동기들에게는 기회가 될 것이다.'

가인대학교 차원정보학과의 야간 학생들 중에서 졸업을 하는 것은 우리가 처음이다.

야간 학과 개설 후에 첫 입학생이 우리니까 말이다.

실전에 준하는 경험을 하게 됐기에 나를 비롯한 동기들의 마음가짐이 달라졌다.

학교에서 배려를 많이 하는지, 아니면 교수님들이 우리에게 특혜를 주려는 모르지만, 이런 기회를 놓친다는 것은 병신 짓이나 다름없으니 말이다.

"와라!!"

파—악!

교수님의 말이 떨어지기 무섭게 전열에 있는 동기들이 쇄도한다.

팡!

파파파팡!

100미터를 단 2초에 다다를 수 있는 엄청난 속도로 달려드는 동기들이 교수님의 손짓과 발짓에 따라 사방으로 튕겨져 나갔다.

교수님과 1열이 부딪치는 것과 동시에 대기하고 있던 2열이 달려들었다.

포위망이 더 큰 만큼 많은 수의 동기들이 달려들지만, 예외는 없었다.

기기묘묘하게 보법을 밟으며 동기들을 쳐내는 교수님의 모습은 거장의 춤사위나 다름없었다.

파파파파파파파파팡!

3열이 달려들고 4열이 달려들어도 마찬가지다.

전신을 사용해 동기들을 튕겨내는 교수님의 모습은 변함이 없다.

5열이 튕겨나갈 때쯤 1열이 다시 포위망을 구축하며 달려들었다.

다른 열에 있던 동기들도 마찬가지로 달려들기 시작한다.

실전이라면 죽거나 움직일 수 없는 상태가 되었을 테지만, 충격에도 아랑곳하지 않고 교수님을 향해 달려들었다.

이 공간에서 움직이지 않는 이들은 앞에 있는 6열의 동기들과 내가 속한 7열뿐이다.

다른 열들과는 달리 6열은 사인방이고, 7열은 나와 성진이 형, 그리고 근호 형이다.

앞의 다섯 열이 교수님의 에너지 포화도를 떨어트리는 동안 에너지를 끌어 올렸다가 기회를 포착하고 약점을 향해 터트리는 것이 6열의 역할이다.

파파파파파파팟!

계속되는 공격에 교수님의 신형이 흔들리는 순간, 6열의 동기들이 튀어나갔다.

'아! 지금이 아닌데…….'

유인책 같다는 생각이 들자마자 교수님의 입가에 떠오른 비릿한 미소가 보인다.

파팟!

유인책에 말려든 사인방의 뒤를 곧바로 따랐다.

신체 자체를 강력한 탄환처럼 만들어 충격파를 발생시키는 공격이 실패로 돌아갈 것을 우려해서다.

사인방은 사상진을 이루고 있지만 교수님이 유인책을 쓴 것으로 봐서는 충격파를 무마시킬 수 있을 것이기 때문이다.

파파파파팟!

성진이 형과 근호 형도 내 생각을 알아차린 것인지 동시에 쇄도하고 있었기에 보조를 맞췄다.

콰콰콰쾅!!!

폭탄처럼 사방에서 몰아친 쇄격이 교수님이 둘러친 방어막과 부딪치며 거대한 폭음이 울렸다.

'역시!'

내가 움직이는 것을 느낀 네 사람은 순간적으로 공격 패턴을 바꿨다.

튕겨나가고 있지만 자신의 육체를 제어하며 착지하는 순간, 다시 한 번 돌진할 준비를 하고 있다.

철산격에서 유래된 쇄격이라 방향을 바꾸기 곤란하자 직진하는 동체에 와선의 경기를 집어넣은 것이다.

삼재진을 형성하며 다가오고 있는 우리를 바라보는 교수님의 눈가에 언뜻 놀람이 스치고 있다.

우리가 하려는 공격 패턴을 바로 알아차린 모양이다.

파파파파파파파파파파팡!!

삼재진을 형성하며 뻗어낸 경기가 교수님의 신체를 억압하는 동시에 나와 성진이 형, 그리고 근호 형이 연이어 주먹을 연신 뻗어냈다.

와선으로 틈이 생긴 교수님의 배리어를 향해 연격의 기공포화가 집중됐다.

콰콰콰콰콰콰콰콰콰콰—쾅!!

콰—직!

성진이 형과 근호 형은 연격을 내뿜느라 이미 기력이 다한 상황, 배리어가 깨지는 소리가 들림과 동시에 내 몸도 움직였다.

퍼퍼퍼퍼퍽!

교수님을 타격하려 했지만 배리어가 깨지는 것을 예측하신 모양이신지 곧바로 대응을 하신다.

'의외의 기습이었을 텐데, 대단하다.'

수도와 주먹으로 이어지는 공격을 무리 없이 막아내시는 것을 보니 브리턴에서 한때 용병왕이라 불렸던 분답다.

'한 대면 된다. 한 대!'

교수님이 바라는 것은 그다지 많지 않다.

만약 이것이 만약 실전이었다면 교수님 근처에서 가지 못했을 테니 말이다.

교수님이 바라는 것은 단 한 가지!

제대로 된 타격을 가하는 것이다.

파파팡!

'크으.'

무수한 실전을 통해 달련된 분이라서 그런지 찌르고, 자르고, 뭉개 버리는 기본적인 공격은 통하지 않는다.

더군다나 오러를 싣기 시작한 터라 직접적인 신체 접촉도 없다.

에너지와 에너지의 부딪침뿐이다.

'이제부터는 드러내야겠군.'

나는 만 열여덟 살에 군대에 갔다.

차원 교류가 가장 활성화되는 시기이기도 했고, 차원 간 트러블이 가장 많이 일어난 해이기도 했다.

나는 다른 이들과는 다른 테크 트리를 타는 부대에 배속을 받아 4년 동안 신나게 굴렀다.

그리고 센터에서 임무를 수행하며 여러 가지 전투 경험도 쌓일 대로 쌓인 상태다.

이제부터 전부는 아니지만 사람들이 알고 있는 내 전력을 낼수 있는 최대의 힘을 내보기 위해 그동안 익혀온 것들을 써먹을까 한다.

이 상태라면 2차 각성을 하기 전이라 스페이스의 도움을 받아도 10분 정도밖에는 사용하지 못하지만, 공격에 오러를 실었다.

파—앙!!

파파파파팡!

교수님의 손끝에서 연이어 뿜어 나오는 기운을 누르거나 띄운 후에 날려 버렸다.

다시 파고드는 에너지를 휘돌려 묶어내고는 산격을 시전했다.

산격은 에너지를 내 의지대로 조종해 흩어버린 후 묶은 다음 부수어 버리는 공격이다.

콰콰콰쾅!

커다란 폭음이 울린 후, 교수님과 나는 팅기듯 뒤로 물러났다.

'크으, 성공했구나.'

내상을 입어 가슴이 저리며 아파왔지만 기뻤다.

네 번의 연격이 이어지면 마지막 공격이 교수님이 가슴에 닿는 것을 느꼈기 때문이다.

지구 대차원을 통틀어 상위 10퍼센트 안에 드는 강자 중 한 명인 교수님에게 제대로 된 공격을 먹인 것이다.

"그만!!"

파티를 맺고 있는 동기들이 쇄도하는 모습을 보면서 교수님이 손을 들며 차륜전을 멈췄다.

사상진을 다시 쇄도하던 사인방도 신형을 멈췄고, 주섬주섬 일어나며 다시 포위망을 구축하던 다른 동기들도 멈췄다.

우르르르르.

교수님의 손짓에 차륜전이 끝났다는 것을 알아차린 동기들이 정렬하기 시작했다.

"하하하하하! 대단하구나. 기대도 하지 않았는데 성공하다니 말이다. 좋은 작전이었다. 기본적인 포메이션을 비롯해 상황이 변하는 것을 순간적으로 판단한 응용력까지 나무랄 데가 없다. 주간 학과 졸업생들 중에서 내 몸에 손을 댄 놈이 없었는데 말이다."

정렬이 끝나자 교수님은 강평을 하더니 손을 저었다.

활성화됐던 마법진들이 취소되었고, 동시에 온몸에 감돌던 에너지들도 사라졌다.

신기루처럼 말이다.

'아쉽군.'

모두가 마법진을 통해 얻게 된 힘이 사라지면서 아쉬움을 삼킬 수밖에 없었다.

편법이라면 몰라도 인과율로 인해 1차 각성자는 본류에 속하는 이런 힘을 가질 수 없으니 말이다.

"너무 아쉬워하지 마라. 2차 각성을 하게 되면 가지게 될 힘이니 말이다. 각성이 끝난 후 어떤 능력을 가지게 될지는 아무도 모르지만, 중요한 것은 기본이다. 기본이 없는 놈들은 아무리 좋은 능력을 얻어도 성장에 한계가 있을 수밖에 없으니 말이다. 이제 졸업 시험까지 시간이 얼마 남지 않았다. 기본기를 다시 닦고, 자신이 부족한 부분을 찾아 공부하고 경험을 쌓아라. 이상!"

"차렷! 경례!"

"감사합니다!!"

과 대표의 구령에 맞춰 일제히 고개 숙여 인사를 했다.

교수님은 우리의 인사를 받은 후 만족스러운 표정으로 고개를 끄덕이시고는 그대로 강의실을 나갔다.

이로써 지난 4년 동안 이어졌던 커리큘럼이 모두 끝났다.

"에구구구구!"

교수님이 사라지고 나자 근호 형이 앓는 소리를 내며 바닥에 주저앉았다.

"아이고, 정말 죽겠네."

"한계까지 쏟아 냈더니 삭신이 쑤시는구나."

성진이 형도 힘이 드는지 옆자리에 털썩하고 앉는다.

형들뿐만이 아니라 다른 동기들도 마찬가지다.

서 있는 것은 나 혼자다.

쓸 수 없는 힘을 한계까지 쓴 탓에 아프지 않은 것이 아니지만, 상황이 완전히 종식되기 전가지 항상 경계 태세를 유지하라는 차원통제사의 행동 지침을 준수할 뿐이다.

"성찬아, 멀쩡하지 않은 거 아니까 이만 자리에 앉아라."

"응, 근호 형."

미세하게 남아 있던 에너지의 흐름이 완전히 가라앉는 것을 느꼈기에 나도 자리에 앉았다.

'으으으, 진짜 본모습을 보여 드렸다가는 사람 잡겠군.'

긴장이 풀리자 근육과 뼈마디가 저려온다.

몸을 주무르고 있으니 근호 형이 입을 열었다.

"성진아, 전부 종강했는데 앞으로 뭐 할 거냐? 내가 아주 좋은 곳을 봐놨는데."

"졸업 시험 준비해야지, 뭘 하긴, 뭘 하냐? 클럽 갈 생각은 아예 하지도 말아라."

클럽 마니아인 근호 형의 뜬금없는 말에 성진이 형이 핀잔을 준다.

사실 근호 형이 클럽을 자주 가는 것은 아니다.

예전에는 하루가 멀다고 출근 도장을 찍다가 입학한 후에는 시험이 끝난 후나 여유가 있을 때만 갔으니 말이다.

졸업 시험이라고 해봐야 그동안 해온 것을 간단하게 테스트하는 것에 지나지 않으니 스트레스를 풀러 클럽에 가려는 모양이다.

"쩝, 인마! 우리도 낼 모레면 서른이야. 서른! 피앙세는 몰라도 여친이라도 하나 있어야 할 것 아니냐?"

"네놈이나 나나 이 얼굴에 여자 사람 친구도 어려운데, 여친이 가당키나 한 말이냐? 그 얼굴을 하고도 클럽을 드나드는 것을 보면 너도 참 용하다, 용해!"

여자라고는 손목 한 번 잡아보지 못한 모태 솔로인 성진이 형이다.

근호 형의 제안이 솔깃할 테지만 언젠가 한 번 함께 클럽에 갔다가 아저씨가 이런 데 와서 논다고 시비가 붙은 적이 있는 탓인지 핀잔을 준다.

"인마, 우리가 어디가 어때서? 남자답게 생겼지. 얼마 있지 않아 차원통제사가 될 텐데. 너, 아직도 그때 일 가지고 꽁해 있는 거냐?"

"인마! 아직은 때가 아니라는 말이다. 때가!"

"그럼 언제 가보냐? 그런 곳에 자주 가야 기회라도 생기지. 그리고 차원통제사가 되더라도 그런 분위기에 익숙해지지 않으면 여자 사귀기 힘들다."

"……."

성진이 형이 당황한 듯 입을 다물었다.

근호 형의 진짜 목표는 본래 2차 각성 후에 클럽에 가는 거였을 것이다.

하지만 각성을 한 후 차원통제사가 된다고 하더라도 여자에게 쑥맥인 성진이 형은 안 갈 것이 뻔했기에 한마디 한 것이다.

"왜 대답을 안 해, 인마. 내가 아주 물 좋은 곳을 봐뒀다니까?"

"아, 알았다. 대신에 이번에만 가고 2차 각성을 하기 전까지는 무조건 공부하는 거다."

성진이 형이 내 눈치를 보면서 대답을 한다.

"크크크, 그건 당연한 거지."

근호 형이 장난스러운 미소를 날리며 한마디 한다.

주제 파악이 확실한 것 같으니 학창 시절에 국어 성적은 꽤 높았을 것 같다.

'그나저나 성진이 형을 끌어들인 것을 보면 근호 형도 뒤끝이 장난이 아니구나.'

차원정보학이 끝난 후에 성진이 형이 자신을 자극했다는 것을 근호 형도 이미 알아차리고 있었던 모양이다.

클럽이라면 질색하는 성진이 형을 이렇게 옴짝달싹 못하게 끌어들이다니 말이다.

'그래도 잘됐으면 좋겠다. 차원통제사라면 얼굴이 엉망이라도 일등 신랑감이니 말이다.'

성진이 형은 키가 193㎝에 웬만한 덩치들은 기가 죽을 정도로 장대한 체구를 가졌지만 근호 형도 막상막하의 덩치다.

남자답게 생겼다고 둘 다 우기기는 하지만 얼굴을 찌푸리기라도 하면 조폭은 저리 가라 할 인상이다.

서른이 코앞인 둘이 장가를 가려면 차원통제사밖에는 답이 없다.

'된장녀나, 김치녀는 곤란할 테지만 둘 다 자기 앞가림은 잘하니 괜찮은 여자들을 고르겠지.'

클럽을 좋아하는 근호 형이지만 속에 바람이 든 사람은 아니다.

가게 일도 무진장 열심히 하고, 학업도 눈에 불을 켜고 할 만큼 속이 꽉 찬 사람이니 말이다.

부킹이나 해서 놀러온 여자들은 만나려고 하는 속된 놈들과 형이 클럽에 가는 이유는 전혀 다르다.

근호 형이 클럽을 좋아하는 이유는 공연하는 아티스트들을 좋아하고, 이상형이 음악을 하는 사람이기 때문이다.

한마디로 빠돌이라는 뜻이다.

'대부분 성격이 조금 괴팍하기는 하지만 음악을 하는 사람치고 나쁜 이는 없으니까. 마음만 맞는다면 좋은 짝을 찾을 수 있을 거다.'

내가 굳이 반대를 하지 않는 이유는 근호 형이 바라는 대로 연결만 된다면 괜찮은 형수를 얻을 수 있을지도 모르는 일이다.

"그나저나 성찬아!"

"응, 형."

"넌 뭐 할 거냐?"

"뭘?"

"공부하는 것은 당연한 거고, 시험이 끝난 후에 뭘 할 거냐는 말이다."

"난 송지암에 가보려고."

"으음."

"음."

송지암은 우리에게 아픈 기억이 있는 곳이기 때문인지, 두 형의 얼굴이 굳어지며 신음을 흘린다.

방학이 되면 반드시 가는 곳이지만, 김성겸을 처리할 때 스승님께서 우리들을 위해 자신의 모든 것을 전하고 돌아가셨으니 말이다.

그때 일만 생각하면 가슴이 아리는데, 형들과 사인방도 별반 다르지 않은 것 같다.

'하지만⋯⋯.'

저런 모습은 스승님께서 원하신 것이 아니기에 유언처럼 남기신 말씀을 상기시킬 필요가 있었다.

"에이, 왜 그런 얼굴들을 하고 있어. 스승님이 말씀하신 거 벌써 잊었어?"

"크흠, 알았다."

"그래, 성찬아."

스승님은 돌아가시기 전에 당신께서도 좋은 추억을 쌓으셨다고 말씀하시며 자신을 추억하되 슬퍼하지 말라고 하셨다.

유언처럼 남기신 말씀을 지키려는지, 슬픈 안색을 지우는 것을 보며 말을 이었다.

"머지않아 시험이잖아. 수련이나 좀 하려고 해."

"그럼 우리도 가야겠지?"

"그야 이를 말이냐?"

근호 형 말에 성진이 형이 맞장구를 친다.

"일주일 정도 클럽 좀 간 다음에 곧바로 송지암이지, 성진아?"

"아─암! 그래야지."

"그럼 우리 일정에 성찬이도 껴야겠지?"

"당연한 소리! 이 녀석이 빠지면 되겠냐? 저 혼자 송지암에 가면 우리들한테 죽을 텐데 말이야."

"그렇기는 하지. 좋아, 이것으로 결정! 탕! 탕! 탕!

'이런! 당했군.'

입으로 의사봉을 두드리는 소리를 내며 웃는다.

근호 형을 따라 클럽에 간 것은 성진이 형만이 아니라 나도 따라갔었다.

나 또한 두 형과 마찬가지로 한 덩치 하는 터라 클럽에서 조폭을 방불케 하는 얼굴로 여자들이 질색하게 했다. 개망신을 당한 것은 성진이 형만이 아니라는 뜻이다.

'저 형이 아주 다 같이 죽자고 하네. 정말!'

이럴 수 있냐는 듯 근호 형을 쩨려봤다.

"성찬아, 내가 그런 거 아니다. 성진이가 짠 거지."

"형!!"

우리와 파티를 이루는 동기들도 나를 주목하고 있고, 형 표정을 보니 작정을 하고 벌인 것 같다.

짝!

"인마, 쉴 때 쉬어야지. 스승님 말씀이 잘 쉬는 것도 수련의 일환이라고 하셨지 않냐. 이왕이면 다홍치마라고, 근호 말대로 해보자. 너도 조카에게 삼촌이라는 소리도 한 번 들어봐야 할 것 아니냐."

등짝 스매싱에 이어 은근한 어조로 말하고 있지만, 협박이나 다름없다.

"쩝! 할 수 없네. 알았어. 그 대신 딱 일주일이다."

"하하하하! 알았다. 일주일!"

지난 4년 동안 극도로 긴장된 생활을 해왔기에 일주일 정도의 일탈이면 그나마 작은 보상은 될 것이다.

얼굴 면면을 볼 때, 형 말대로 나중에 조카를 보게 될지는 모르겠지만 말이다.

"그런데 말이야. 너희들도 짠 거냐?"

파티를 이루고 있는 사인방을 바라보았다.

동기라고는 하지만 나보다 두세 살 어린 녀석들이고, 장문인인 내게 꽉 잡혀서인지 다들 얼굴이 새파랗게 질려 있다.

"아, 아니요, 형. 우리가 일정을 정할 수나 있나요. 성진이 형이 그저 잠자코 있으라고 했어요."

나보다 두 살 어린 병찬이가 대표로 대답을 하는데 질색을 하는 표정을 보니, 성진이 형과 근호 형이 억지로 끌어들인 모양이다.

'하긴, 저 녀석들이 스스로 나서서 노땅들하고 클럽을 가려고 안 할 테니, 병찬이 말이 사실인 것 같군.'

하지만 사실은 사실이고, 나에게 알리지 않는 건 않은 것이다.

"뭐, 어떻게 됐건, 일주일 쉰 뒤에 시험을 보고 나서 너희들도 송지암으로 가는 거다."

"우, 우리도요? 수련은 다 끝났다고 말씀하셨잖아요?"

약속한 것이 있는지 성환이가 눈을 부릅뜨며 묻는다.

"쓰읍! 그렇다고 안 갈려고 했냐?"

"아, 아니요. 가야죠."

"너희들은?"

"무조건 가야죠!!"

연신 고개를 흔들며 대답을 하는 것을 보니 새지는 않을 것 같다.

나보다 어린 놈들은 휘어잡았으니 이제 다음 차례다.

그냥 말하면 어지간해서는 들어줄 텐데 이런 일을 꾸민 형들이 괘씸하니 대가를 치러주어야 한다.

"이번뿐만이 아니다. 샴발라에 가서 2차 각성이 끝나도 차원열차가 운행하기까지는 상당한 시간이 있으니 송지암에서 훈련을 실시할 거다. 제대로 된 실력을 쌓을 수 있는 기회라 장문인으로서 한 명도 빠짐없이 모두 참여하는 것으로 결정을 했으니 다들 그렇게 알도록!"

이럴 줄은 몰랐는지 내 말에 다들 애처로운 표정에 울기 직전의 모습을 보니 가관도 아니다.

"끙."

"에유."

성진이 형과 근호 형이 인상을 찌푸리며 고개를 끄덕이자 동기들이 반박도 못하고 끙끙거린다.

성진이 형과 근호 형은 내가 깽판을 부릴까 봐 어쩔 수 없이 고개를 끄덕인 것이고, 나머지는 군말 않고 따를 수밖에 없었기 때문이다.

'날 속인 벌이다. 감히 장문인을 속이려 들다니 말이다. 후후

후, 그렇지만 그렇게 너무 아쉬워할 필요 없다. 너희들에게는 정말 좋은 기회니까.'

이번에 송지암에서 수련을 하면 새로운 것들을 가르치려고 한다.

쉽게 접할 수 없는 것들이니 차원통제사가 된 이후에 많은 도움이 될 터였다.

그런데 나를 보며 실실 웃는 근호 형이 보인다.

'이것 봐라. 근호 형은 내가 이럴 줄 안 건가?'

지금까지의 모습이 연기라는 것을 알 수 있었다.

샴발라에서 나온 후에 별도로 움직이려고 했는데 아무래도 또 당한 것 같다.

'어차피 같이 해도 상관은 없으니까.'

그동안 성취를 높인 덕분인지, 성진이 형을 비롯한 문도들이 어떤 능력을 각성할지 대충은 윤곽이 잡히니 큰 문제는 없을 거라는 생각에 속아주기로 했다.

어차피 각성한 이후에도 계속해서 같이 가야 할 사람들이니 말이다.

"자! 자! 나가자. 핵심 전공과목까지 모두 종강을 했으니 오늘은 어디 가서 한잔 걸치자."

송지암에서의 수련을 추가한 것에 아랑곳하지 않고 근호 형이 인상을 찌푸리는 사인방을 부추겼다.

"근호야, 우리만 가는 거냐?"

"그럴 리가 있나! 전부 다 같이 간다."

"와아!!"

옆에서 우리들의 대화를 듣고 있던 파티원이 아닌 동기들이 환호성을 지른다.

'되게 좋아하는군.'

대부분의 동기들이 일을 하며 학교에 다니는 탓에 경제적으로 어려운 형편들이라 주점 같은 곳에 갈 생각은 거의 하지 않는다.

강의가 모두 끝나면 자정이 가까운 시간이 되어버리는 터라 종강이나 해야 겨우 술집에 갔었다.

거의 공짜에다가 주점은 저리 가라 할 정도로 근사한 안주가 나오는 탓에 다들 좋아 죽겠다는 표정이다.

'여기서 기분을 거스르면 돌 맞아 죽겠군.'

4년이라는 기나 긴 커리큘럼을 모두 끝냈으니 오늘은 모두들 한잔하고 싶을 것이다.

"좋죠. 오늘 한 번 마셔보죠."

내 대답에 구겨졌던 동기들의 얼굴이 어느새 환하게 밝아진다.

정말 단순한 녀석들이다.

우리는 주점이 아니라 근호 형네 가게로 갔다.

근호 형은 동기생 전원을 초대했다. 오늘이 마지막 술자리가 될 수도 있기 때문이었다.

정문을 나와 근호 형 가게로 가는 동안 지나가는 사람들의 시선이 우리에게 집중되어 있었다.

하나같이 덩치가 건장한 200명이나 되는 인원이 움직이고 있어서인 것 같다.

정문 근처라 그런지 어느새 가게에 도착을 했다.

다들 건장한 청년들이라서 가게가 상당히 큰 편인데도 200여 명이 들어가자 무척이나 좁아 보인다.

"아버지, 저희 왔어요."

"그래, 어서 자리에들 앉아라."

내려오면서 전화를 해서 미리 준비를 하고 계셨던 것인지 근호 형 아버지께서 안주를 만들면서 우리를 반겨주셨다.

"난 아버지하고 안주를 만들 테니 다들 기다려라."

근호 형은 얼른 주방으로 들어가 아저씨 옆에서 열심히 안주를 만들기 시작했다.

요리가 취미인 동기들 몇이 주방으로 따라 들어가서 두 부자를 도왔다.

"자, 다들 갹출!"

과 대표의 말에 테이블에 의자를 다다다닥 붙이고 앉은 동기들이 돈을 걷기 시작한다.

여기는 일반음식점이라서 술을 팔지 않기에 돈을 받지 않고 안주를 만들어 주시는데, 폐를 끼치지 않으려면 술이라도 우리가 사야 해서다.

돈이 모이자 동기 몇이 재빨리 슈퍼로 가서 술을 사왔고, 가게 문을 닫았다.

얼마 지나지 않아 주방에서 만들어져 나오는 안주들을 동기들이 식탁에 세팅을 했다.

"나는 그만 올라가서 쉴 테니 즐겁게 놀아라."

"예, 아버님!!!"

"하하하하! 씩씩해서 좋구나."

근호 형 아버지는 환하게 웃으시며 가게 위에 있는 살림집으로 올라가셨다.

"성진이 형! 건배사 한 말씀 하시죠."

과 대표인 영찬이가 갑자기 성진이 형을 보고 한마디 한다.

"나?"

"그럼요. 우리 야간부 실세신데."

입학을 했다가 사정이 어려워진 동기들을 위해 애쓰고 있는 사람이 성진이 형이다.

차원 교류와 관련한 곳에 직장을 마련해 주는 것은 물론이고, 학교생활에 알게 모르게 도움을 주고 있다는 것을 동기생 모두가 알고 있다.

이런 점 때문에 과 대표 여부를 떠나 성진이 형이 차원정보학과 야간학과의 실질적인 리더인 탓에 영찬이가 건배를 요청한 것이다.

근호 형과 함께 제일 연장자이기도 하고 말이다.

"하하하, 녀석! 실세는……."

성진이 형이 웃으며 술이 채워진 잔을 들고 자리에서 일어났다.

"다들 그동안 고생 많았다. 앞으로 어떻게 되든 우리는 영원한 동기라는 것을 잊지 말았으면 한다. 자, 잔을 들어라."

성진이 형의 말에 다들 잔을 들었다.

"모든 길은 우리가!!"

"만든다!!!!"

차원통제사의 좌우명을 외치는 성진이 형의 선창에 다들 잔을 치켜 올리며 화답을 하며 단번에 잔을 비웠다.

"카아!"

"크으, 좋다."

"이제는 다들 알아서 마시도록 해라. 졸업이 얼마 남지 않았으니 자제들 하고."

첫 잔을 음미하는 동기들을 향해 성진이 형이 한마디 한 후 자리에 앉았다.

술판이 시작되었기에 다들 사로에게 잔을 권하며 마시기 시작했다.

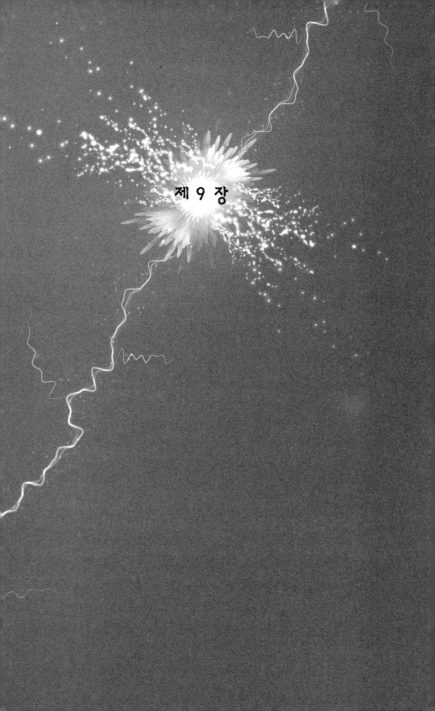

제 9 장

술자리가 시작되고도 성진이 형이 말한 것 때문인지, 다들 과음은 자제하는 분위기다.

이제 머지않아 졸업이라 퍼마실 만도 하건만 애써 자제를 하는 이유는 자정부터 생업을 위해 일을 해야 하는 동기들을 위해서다.

의뢰 때문이기는 하지만 형과 나처럼 공사장에서 일하는 사람이 있는가 하면 웨이터, 미용사, 편의점 알바 등 동기들의 직업군도 다양하다.

차원통제사라는 꿈을 위해 야간학과에 들어왔지만 생계를 유지하기 위해 생활 전선으로 나가야 하는 동기들을 위해서 말이다.

열 시가 넘어 시작한 탓인지, 회식 자리는 그리 길지 않았지만 차원통제사가 되면 언제 이렇게 다시 보게 될지 모르기에 다들 동기들의 얼굴을 마음에 담으려 애를 썼다.

그렇게 회식이 끝나고 난 뒤 함께 근호 형의 가게 정리하고 설거지까지 끝내자 자정이 넘어가고 있었다.

"이제 졸업 시험 때나 볼 수 있을 것 같다. 다들 건강 조심하고 시험 준비들 잘해라."

"성진이 형, 지난 4년간 고마웠어요."

"고맙습니다!!"

과 대표인 영찬이가 성진이 형에게 고개를 숙이자 다들 고개를 숙인다.

"성찬이 형! 형도 고마워요."

"성찬이 형, 고맙습니다."

나에게도 고개를 숙여 인사를 하는 동기들을 보니 괜히 얼굴이 붉어진다.

"근호 형, 오늘 고마워요."

"고맙습니다!!"

영찬이를 따라 근호 형에게도 동기들이 고개를 숙여 인사를 한다.

"내, 내가 뭘."

"아니에요. 그동안 우리가 신세를 많이 졌죠."

"아무것도 아닌 것 가지고 뭘."

"사실 오늘이 마지막 시간이라는 것은 미리 알았어요."

"미리 알았다고?"

"헤헤! 예. 성찬이 형 파티만 모일 수 있도록 만드느라 동기들이 조금 힘들었어요. 늦을 것 같으면 조퇴를 해야 했거든요. 어떻게 잘 보내셨어요?"

8학기 내내 동기생들이 우리보다 먼저 와 있던 것은 오늘이 처음이었다.

차원정보학 시간에 근호 일행만 지각을 해서 조금 이상하다 했었는데, 영찬이가 일을 꾸민 모양이다.

우리끼리 한자리에 모여 저녁 식사를 함께 한 것이 정말 오랜만이니 영찬이 덕분에 나름 의미 있는 시간을 가질 수 있었다.

"하하하하, 그래! 덕분에 잘 보냈다."

아까의 서운함을 잊은 듯 근호 형이 환하게 웃었다.

"아참! 잠깐! 열 명만 주방으로 따라 와라."

근호 형 뭔가 생각이 났는지 동기들 몇을 데리고 주방으로 들어갔다.

잠시 뒤에 나온 동기들 손에는 이름이 적힌 하얀 비닐 봉투가 잔뜩 들려 있었다.

'다들 웃는 얼굴인 것을 보니 레인보우 크랩을 나눠 주려는

모양이구나. 후후, 근호 형 성격에 우리만 준다 했어도 모두 챙겨주려고 하겠지.'

비닐봉투에 담은 것은 레이보우 크랩일 것이다.

평소에 동기들을 엄마처럼 챙기는 근호 형이니 말이다.

"브리턴에서 온 것이다. 집에 갈 때 봉투 하나씩 가지고 가라. 그리고 다른 사람은 절대 주지 말고 반드시 너희들만 먹어라."

"근호 형, 그게 뭔데요?"

"보면 알겠지만 레인보우 크랩이다."

"와아아아!!"

동기들이 환호성을 지르는 것을 보니 레인보우 크랩이 어떤 것인지 알고 있는 것 같다.

"다시 한 번 말하지만 절대 다른 사람 주면 안 된다. 차원통제사가 되면 너희들에게 큰 도움이 되는 것이니 말이다."

근호 형의 당부에 다들 상기된 얼굴을 하고 있다.

어머니처럼 자신들을 늘 챙겨온 근호 형의 마음을 아는 탓인지, 어떤 녀석들은 눈가가 붉어지는 것이 금방이라도 울 것 같다.

"다들 마음을 다잡아라."

더 있으면 누군가 울 것 같은 상황이 되자 성진이 형이 기운을 실어 한마디 했다.

"차원통제사는 언제나 냉철해야 한다. 근호는 너희들이 동기이기에 아낌없이 주는 것이니, 그 마음만 잊지 않으면 된다. 알았나?"

"예!!!"

기분을 추스른 동기들이 일제히 대답을 했다.

"그만 해산!! 그리고 음주 운전하는 놈은 쫓아가서 박살 낼 테니 반드시 대중교통을 이용해라."

성진이 형은 당부와 함께 동기들을 해산시켰다.

'감회가 새롭겠지.'

하나같이 집안이 어려워 힘겹게 여기까지 온 동기들이다.

가게 문을 열고 밖으로 나가는 동기들 중에 어깨를 들썩이는 녀석들이 몇몇 보인다.

"그나저나 근호 형!"

"왜, 성찬아."

"브리턴에서 레인보우 크랩을 저렇게 싸 줄 정도로 많이 보내온 거야?"

"한 트럭이나 보내오셨다. 성찬아, 내가 너희들만 먹일 줄 알았냐?"

"아니. 아까 우리끼리만 먹을 때 조금 이상하다고 생각은 하긴 했어."

"하하하, 역시! 성찬이네. 그래도 너희들 것은 조금 큰 것으로 준 거다. 성진아, 알고 있지?"

"하하하, 알았다. 알았어."

그래도 파티원이라고 조금 생각해 줬다는 근호 형 말에 성진이 형이 손사래를 치며 웃는다.

레인보우 크랩을 우리만 먹었다는 생각에 마음이 조금 찜찜했는데 정말 잘된 일이다.

"자, 우리도 이제 그만 찢어지자. 근호, 너도 졸업 시험 준비 잘하고."

"그래, 너도 열심히 해라."

"그리고 거기 사인방!"

"예. 형님."

"2차 가지 말고 곧바로 기숙사로 들어가라."

"거, 걱정하지 마세요."

2차를 갈 생각을 하고 있었는지 성진이 형 말에 다들 머쓱한 표정을 짓고는 말을 더듬으며 대답했다.

'아쉬운 표정을 보니 2차를 갈 생각이었나 보군.'

병찬이를 비롯한 사인방은 같은 중소기업에 다니는데, 회사에서 운영하는 기숙사에 머물고 있다.

한 형제도 아닌 놈들이 언제나 똘똘 뭉쳐 다니고, 생각하는 것도 비슷하다.

'오늘 같은 날 풀어지면 사고 치기 십상인데 안심이다. 성진

이 형 말이라면 절대 거역하지 않는 놈들이니까.'

지금은 많이 침착해졌지만, 혈기가 왕성한 놈들이다. 그래도 저렇게 대답을 하니 안심이 된다

"그럼 믿고 우리는 간다."

"살펴 가세요, 형님들."

"배웅하지 않을 테니 운전 조심해서 가라."

사인방이 인사를 하자 근호 형이 작별을 고한다.

"걱정 마라. 이미 다 날아갔다."

"성찬이, 너도 잘 가고."

"응, 근호 형."

"가자, 성찬아."

성진이 형을 따라서 가게를 나선 후에 집으로 가기 위해 학교 주차장으로 향했다.

몇 잔 마시지도 않았지만 회식이 끝나자마자 집에 가서 나승호를 심문할 생각에 전투관제학 시간에 배운 기초 연공법을 운용해 알코올 성분을 날려 버려서 운전을 해도 지장이 없다.

이 정도로 기초 연공법을 운용할 수 있는 것은 야간학부 중에 나와 형만이 가능한 일이다.

"형, 음주 운전하는 동기들은 없겠지?"

"너나 나처럼 운기가 가능하다면 모를까, 공든 탑을 무너트릴 놈들은 없을 거다. 음주 운전이 적발되면 곧바로 퇴학 처분

이니까 말이야."

"그렇겠지. 그놈에게 알아볼 것이 많으니 빨리 가자, 형."

"그래."

내일 중개인을 만나기 전에 놈에게 땅에 대한 정보를 알아내
야 한다.

진짜 비밀이 있다면 중개인이 나승호를 요구할지도 모르니
말이다.

'진성 각성자이니 지금쯤 깨어났을지도 모르겠군. 그래봐야
빠져나갈 수 없겠지만.'

의식을 차렸을 가능성은 있지만 나승호를 제압한 수법은 진
성 각성자에게도 적용이 되는 것이라 탈출은 절대로 불가능할
것이다.

❖　　　❖　　　❖

잡혀온 지 얼마 지나지 않아 나승호는 정신을 차릴 수 있었
다.

'이상하군. 이럴 리가 없는데……'

의식이 깨어나기는 했지만 몸을 전혀 움직일 수 없었기에 당
혹스러웠다.

'에너지를 전혀 끌어 올릴 수 없는 것을 보니, 혹시! 무인들

이 사용하는 점혈법인가?'

조명도 들어오지 않는 어두움 곳에 갇혀 생각을 거듭하던 나승호는 자신을 제압한 것이 세상에 나타나기 시작한 무공 중에 점혈법일지도 모른다는 생각이 들었다.

유물 각성자인 자신을 제압할 수 있는 사람은 그리 많지 않았기 때문이다.

'무인 중에 내력을 이용해 상대의 기운을 봉쇄해 움직이지 못하게 하는 점혈법을 알고 있는 자들이 있다고 하더니, 놈들이 그런 것 같군.'

대변혁 이후에 무인이 불리는 자들이 나타났다.

고대로부터 무공을 이어 내려온 자들 중에 1차 각성을 끝내고 내력을 다루게 된 이들이었다.

샴발라에 들어가서 2차 각성을 하는 것이 아니라 수련하여 얻은 내력을 이용해 진성 각성자가 되어 초인적인 능력을 발휘하는 이들이다.

'으음, 이런 종류의 제압술을 시전할 정도면 절대 공사장에서 일할 놈들이 아니다. 점혈은 진성 각성자라고 해도 쉬운 일이 아니니까.'

점혈은 상대의 몸 안에 자신의 의지로 통제할 수 있는 에너지를 심어 신경을 제압하는 것이다.

대변혁이 일어나기 전에는 내력을 유형의 기운으로 변형시켜 점혈을 할 정도가 되려면 최소한 30년은 수련을 해야 만했지만 대변혁이 일어나고 세상의 기반이 되는 에너지 형태가 변한 후에는 조금 바뀌었다.

　최고의 지원과 천재적인 재능을 가진 자가 2차 각성을 한 후 최소한 10여 년을 수련해야 상대가 사용하는 에너지를 제어하는 점혈이 가능하다는 것이 정설이다.

　"하지만 나이가 너무 어려. 그리고 2차 각성을 하지 않은 것을 보면…….'

　아무리 생각해도 서른을 넘지 못한 앳된 이들이다.

　잠깐 살펴본 것이지만 1차 각성자가 분명하니 절대 불가능한 일이었다.

　'혹시 그들인가?'

　고심하던 나승호는 무인들 중에는 특별한 이들이 있다는 사실이 떠올랐다.

　유물을 얻은 이들과 마찬가지로 비맥이라 불리는 고대의 특별한 무예를 전승하며 진성 각성자가 된 자들에 대해 생각이 났다.

　2차 각성을 하지 않아도 진성 각성자가 된 자들이라면 충분히 가능한 일이었다.

　'비맥이라……. 하지만 그럴 리가 없지.'

　지금까지 파악한 정보대로라면 비맥이라 불리는 무인 중에서 통합 대한민국에 머물고 있는 이는 없었다.

비맥을 이은 무인들 대부분이 진성 각성자가 된 후 지구 대차원에 연결된 세상을 넘나들며 수련에 열중하고 있었기 때문이다.

'비맥을 이은 자들 중에서 통합 대한민국에 남아 있던 마지막 전승자도 몇 년 전에 죽었다고 했으니 비맥이 관여했을 리는 없다. 그렇다면……'

비맥을 제외하고 점혈을 알고 있는 무인 있다는 사실에 나승호는 보통 일이 아니라는 생각이 들었다.

'그나저나 이상하군.'

어느 정도 추리를 끝낸 나승호는 이상함을 느꼈다.

상당한 시간 동안 갇혀 있었지만 자신이 예상하고 있는 일이 벌어지지 않고 있었기 때문이다.

몇 년 전부터 삼합회와 손을 잡고 세력을 키우고 있는 태연파는 그저 그런 조폭조직이 아니다.

어둠의 세계뿐만이 아니라 양지쪽으로도 외연을 확장하고 있을 정도로 잘나가는 조직이다.

태연파는 삼합회와 합작으로 인천 송도지구에 대차원과 관련한 기술을 다루는 태연테크놀러지라는 최첨단 기업을 설립한 후 마법과 연금술, 그리고 과학이 만나 진화한 새로운 형태의 기술을 통해 거대한 부를 축적하고 있는 조직이다.

태연테크놀러지에서 개발된 기술 중 하나는 지금 나승호의 몸에도 적용이 되어 있었다.

혈액 속에는 특수한 파장을 발신하는 표지가 설치되어 있어 실시간으로 위치는 물론 상태까지 파악해 통제실로 보내지고 있었는데 아무 소식이 없다는 것에 나승호는 의문을 느꼈다.

'신호를 수신했을 텐데, 왜 안 오는 거지? 내가 경로에서 이탈했다는 것을 곧바로 알았을 텐데 말이야.'

혈액 속에서 떠도는 표지에서 신호가 갔다면 오늘 움직일 경로를 이탈했다는 것을 본부에서 알았을 터였다.

인천에서 현장까지 한 시간, 그리고 현장에서 이동한 거리로 봐서는 적어도 두 시간 안에는 와야 하는데, 아무런 소식이 없었기에 뭔가 잘못되었다는 것을 깨달았다.

'설마, 신호를 차단당한 건가?'

표지의 신호를 차단당했다는 것을 깨달은 나승호는 상황이 심각하다는 것을 인식했다.

인식 차단 장치 같은 기술은 절대 국가 권력 조직이나, 초거대 조직만이 가진 기술이었기 때문이다.

'지금까지 내가 추측한 대로라면 놈들의 뒤에는 배후가 있을 확률이 높다. 그것도 거대한 조직이 말이야. 의뢰를 받고 이런 일을 전문적으로 해결해 주는 프리랜서가 있다고 했는데, 그들이 움직인 것이 분명하다.'

일개 무인이 가질 만한 기술이 아니었기에 땅에 얽힌 비밀을 알고 있는 거대 조직이 의뢰를 했다는 생각이 들었다.

'그럼, 의뢰자가 누구냐는 건데……'

나승호는 땅에 얽힌 비밀을 알고 있을 만한 조직을 떠올려 봤지만 생각이 나질 않았다.

'그 땅에 얽혀 있는 비밀을 알고 있는 자는 그자를 제외하고는 보스와 나뿐이다. 다른 조직에서는 절대 알 리는 없을 텐데……'

공사 현장에는 대변혁이 일어났음에도 변하지 않고 있는 게이트가 잠들어 있다.

세계를 변화시키는 거대한 의지에도 오롯이 자신의 본질을 지키고 있는 게이트는 보스와 자신이 반드시 얻어야 하는 것이었다.

그동안 철저하게 비밀을 유지했고, 무리를 하지 않는 선에서 작업을 진행했기에 새나가지는 않았을 것이라고 판단한 나승호는 다른 쪽으로 생각을 돌렸다.

'혹시?'

나승호는 자신들처럼 게이트에 대한 비밀을 알고 있는 자를 떠올렸다.

자신들과 합작을 하고 있는 그는 표지의 파장을 차단하는 인식 차단 장치를 동원할 수 있는 자였다.

'아니야, 절대 그럴 리 없다.'

적으로 신뢰할 수 없는 자라 해도 보스와 자신이 건재했기에 이렇게 섣불리 움직일 자가 아니었다.

동맹을 맺은 이면에는 게이트보다 더 큰 이권이 개입되어 있었기 때문이다.

'일단 기다려 보자. 놈들이 와서 심문을 하게 되면 뭔가 알 수 있겠지.'

비록 붙잡혀 있는 몸이지만 나승호는 성진과 성찬이 오기를 기다리기로 했다.

이렇게 잡아둔 것을 보면 뭔가 알아내기 위해서인 것이 분명하기 때문이다.

누군가 의도적으로 노린 것이 분명하기에 배후를 반드시 알아내야만 했다.

그르르르.

미약한 진동음이 천정을 통해 울렸다.

'왔군.'

단번에 자신을 제압한 이들이 돌아왔음을 느낀 나승호는 냉정을 되찾으려 애를 썼다.

◈　　◈　　◈

집으로 돌아온 후 곧바로 상자를 밀쳐내고, 커다란 철문을 열었다.

딸칵!

몇 계단 내려온 후 스위치를 켜자 불이 들어왔다.

나트륨등의 노란빛이 화강석에 반사되어 묘한 분위기를 연출한다.

창고에 있는 지하 공간은 깊고 커다란 구덩이를 판 후, 화강석을 다듬어 만든 석조 건물 위에 흙을 덮어 만들어진 곳이다.

화강석 하나하나가 두께가 1미터를 넘어 가서 수십 톤씩 하는데 이렇게 지하 건물을 만들다니 생각할수록 놀라운 일이다.

'어떻게 이런 곳을 만드실 생각을 한 건지……'

큰아버지와 아버지가 왜 이런 공간을 만들었는지는 알지 못한다.

형과 나는 자식이면서도 두 분이 무슨 일을 하셨는지 알고 있는 것이 많지 않다.

나와 형은 두 분이 차원 관련 물품을 만드는 공장을 운영하셨다는 것으로만 알고 있으니 말이다.

공장을 찾아 왔을 때 우리를 노리는 자들이 있다는 것도 그렇고, 미국을 비롯해 국정원에서도 관심을 가진 것을 보면 두 분이 하신 일이 차원 문제와 관련이 있었다는 것은 분명하다.

내가 지하에서 얻은 것들을 볼 때 아주 복잡한 문제 휘말리신 것 같다.

이모들도 큰아버지와 아버지가 어떤 사건에 휘말려 들었는지 전혀 알지 못한다고 했다.

두 분의 소유였던 창고를 내 명의로 이진이 시키는 것만 의뢰를 받았다고만 한다.

사실 큰아버지와 아버지에 대해 뭔가 알고 계시는 것 같았지만 굳이 묻지 않았다.

그동안 지켜본 바로는 형과 내가 알아야 할 일이라면 알려주셨을 테니 말이다.

두 분의 소식을 접한 것은 불과 2학년 때다.

소인도 찍히지 않은 편지 한 통이 택배를 통해 우리가 살고 있는 창고로 배달이 왔다. 언제 출소한다는 것만 적혀 있어 아무것도 알 수 없었지만, 한 가지는 확실히 알 수 있었다.

누군가 개봉을 한 흔적이 있는 것을 보면서 두 분에게 말하지 못할 비밀이 있다는 것과 그 누구도 믿을 수 없다는 것을 말이다.

'두 분의 출소가 이제 몇 개월 남지 않았으니, 그땐 알 수 있겠지.'

차원통제사가 되면 의무적으로 4년 동안 차원 간 교류 업무에 종사해야 한다.

다른 차원으로 떠나기 전에 두 분을 만날 수 있을 것이기에 어찌 된 일인지 알 수 있을 터였다.

　큰아버지와 아버지에 대해 생각하는 동안 나승호가 갇혀 있는 방에 당도했고, 형이 문을 열었다.

　제압당해 뻣뻣해진 몸으로 바닥에 눕혀져 있는 나승호에게로 다가갔다.

　'정신은 차린 모양이군.'

　피부에 약간의 경련이 있는 것을 보니 우리가 돌아온 것을 알아차린 모양이다.

　피피피핏!

　몇 군데를 손으로 찔러 나승호의 몸에 흘려 넣었던 에너지를 회수했다.

　"어느 정도 움직일 수는 있을 테니 일어나라. 허튼짓할 생각은 하지 말고."

　눈을 뜬 나승호에게 경고를 하고는 뒤로 물러났다.

　나승호는 차분하게 바닥에서 일어났다.

　"대단하군. 나를 제압하다니 말이야."

　"그런 것이 뭐 그리 어렵다고. 쓸데없는 말 하지 말고 자리에 앉아라."

　그저 움직일 수 있을 뿐, 예전 같지 않다는 것을 아는 것인지 나승호는 옆에 놓여 있는 의자에 가서 앉았다.

　우리가 의자를 가지고 와 자리에 앉자 나승호가 입을 열었다.

"어째서 날 납치해 온 것이냐?"

"별다른 것은 없어. 너에게 물어볼 것이 몇 가지 있어서 말이야."

"뭐지?"

형의 말에 나승호가 날카롭게 반문했다.

"너에게 물을 것은 간단해. 태연파에서 왜 그 땅을 노리느냐 하는 거지."

"우리가 진출하려고 하는 사업 때문이었다."

"사업? 정말 웃기는 소리로군. 태연파가 꽤 큰 조직이라고 알고 있었는데, 쓸데없이 그 정도 건물에 그렇게 욕심낸다는 말인가?"

건물 바닥 면적이 3,000제곱미터가 조금 넘는다.

옛날 평수로 치면 1,000평이 채 안 되는 건물이라 예전의 태연파라면 몰라도 지금은 아니다.

근거지가 인천인 태연파가 서울에 있는 다른 조직들과의 충돌을 불사하고 노릴 만한 이유가 없다.

"사업의 내용에 대해서는 나도 잘 모른다. 보스께서 사업을 하신다고 그 부지를 확보하라는 지시를 내리셔서 움직였을 뿐이니까."

"부실 공사라 많은 비용을 들여서 재건축을 해야 할 텐데, 우리더러 그 말을 믿으라는 소린가? 더구나 사업을 한다면 정당하게 매입을 했어야지 말이야."

"매매할 의사를 물어봤지만 건축주는 절대로 팔 수 없다고 했다. 그리고 보스 입장에서는 서울의 조직과 충돌하지 않기를 바랐기에 어쩔 수 없이 그런 방법을 쓴 것뿐이다."

본질에 접근하려는 것을 막으려는지, 나승호가 말을 빙빙 돌리고 있다.

"그래? 후후후, 재미있군. 그 땅에 뭔가 특별한 비밀이 있는 것은 아니고?"

"으음, 믿지 않아도 할 수 없다."

형이 단도직입적으로 물었지만, 나승호는 모범적인 대답만 할 뿐이다.

표정의 변화가 없었지만, 당장 필요한 것은 전부 얻었다.

'후후, 천연덕스럽군. 그래봤자 이미 다 알아냈지만.'

형이 물어보는 동안 나승호의 생각을 어느 정도 캐치했기에 눈짓을 했다.

"아직은 사실을 말할 마음이 없는 모양이니 나중에 물어보도록 하지."

"날 어떻게 할 생각이냐? 이렇게 계속 가둬둘 건가?"

"아마도 그래야겠지. 너에게서 내가 알고 싶은 진실이 나올 때까지 말이야."

피피핏!

인상이 꽉 구겨진 나승호에게로 다가간 형이 그의 혈을 짚었다.

혈을 짚는 모습을 유심히 지켜보고 있지만 아무리 발버둥 쳐도 소용이 없을 것이다.

나와 형이 배운 점혈법은 진성 각성자도 풀 수 없는 것이니 말이다.

정신을 잃어 고개를 떨어트리는 나승호를 잡고 의자에 묶었다.

아끼는 급해서 그랬지만 많을 것을 알아내야 하는데, 혹시나 차가운 바닥에 눕혔다가 탈이 날까 우려해서였다.

"나가자."

"그래, 형."

그르르릉!

석실 밖으로 나와 다시 문을 닫은 후 곧바로 지상으로 올라와 철문을 닫고 상자로 감췄다.

"성찬아, 네가 생각한 대로냐?"

"그런 것 같아, 형. 그 건물 지하에 비밀이 감춰져 있는 것이 분명해. 그리고 그자와도 연결이 된 것 같고."

나승호의 눈빛과 몸짓, 그리고 말하는 억양을 집중해서 관찰하며 거짓을 말하고 있다는 것을 확인했다.

건물을 짓고 있는 그 땅에 비밀이 있는 것은 확정적이다.

그리고 나승호의 감정선을 보면 제3자와 많이 엮여 있는 것이 확실한 이상 우리가 생각하고 있는 자가 연관이 되어 있는 것이 분명했다.

"비공식 랭킹으로는 거의 10위인 최종학이도 그렇고, 그자가 연관이 되어 있다면……."

형은 내가 말한 의미를 깨달았는지 생각에 잠겼다가 심각한 표정으로 말했다.

"성찬아, 그럼 확인해 봐야 할 것 같다. 태연파의 보스인 그자가 굳이 그 땅을 노리는 이유는 아무래도 한 가지뿐이니까 말이다. 네가 예상한 대로 삼합회의 그자와 정말 연관된 것인지도 확실히 확인해야 하고."

"그럼 지금 당장 가보는 것이 좋을 것 같아, 형. 그자가 관련이 있다면 벌써 움직이고 있을 높을 확률이 높으니까 말이야. 그자가 은폐해 버리면 기회가 없어질지도 몰라."

사건이 벌어진 것이 오늘이지만 그자가 관련이 있다면 빠른 시간 내에 은폐할 확률이 높았기에 형에게 말했다.

"하긴, 그럴 수도 있겠다. 그자라면 오늘 당장 은폐할 수도 있는 일이지. 건축주나 의뢰주도 그렇고, 두 분 이모도 움직일지 모르고 말이야. 지금 가보도록 하자."

"알았어. 바로 준비할게."

"그래."

생긴 것 답지 않게 성진이 형은 무척이나 신중한 성격이지만 한 번 결정을 내리면 아주 과감하다.

곧바로 행동을 개시했다.

옷장을 열어 뒤쪽에 마련된 비밀 공간을 열었다.

센터에서 일하던 시절에 수집한 것들과 해결사 노릇을 하며 마련한 장비들이 수납되어 있는 공간이다.

총기나 도검류를 제외하고 간단하게 사용할 수 있는 무기와 땅에 얽힌 비밀을 알아내기 위한 장비를 챙겼다.

그리고 검은색이라 야간에 움직이기 적합한 탄소나노튜브로 만들어진 일체형 슈트로 갈아입었다.

나와 일체화된 전투 슈트는 자칫 노출이 될 경우 문제가 될 소지가 있어 따로 마련한 슈트다.

센터에 가기 전에 군 복무 시절에 사용하던 것인데 제법 쓸 만한 것이었다.

'정말 오랜만이군.'

군 복무 시절 이후로 처음 입는 것이지만, 착 달라붙어 전신에 밀착하는 익숙한 감촉이 좋았다.

꺼내놓은 무기와 장비를 슈트에 장착했다.

'혹시 모르니 애마도 꺼내자.'

창고 뒷문 쪽으로 가서 먼지가 쌓인 애마의 커버를 벗겨냈다.

'후후후, 잘 생겼다.'

오랜 시간 동안 놔뒀지만 여전히 신품처럼 보이는 애마가 유려한 자태를 드러냈다.

KN—1000!

군 복무 시절에 작전 중에 알게 된 분을 통해서 내 소유가 된 최신형 수제 비공기다.

전장 5미터, 폭 2미터, 높이 2미터의 날씬하게 빠진 유선형에 검은색 윤기가 흐르는 매력적인 놈이다.

최고 속도 마하 10에 고고도 비행까지 할 수 있을 뿐만 아니라 생존 장치까지 달게 되면 우주 비행도 가능하게 설계가 되어 있는 첨단 기종이다.

마법진을 활용한 마력 구동장치를 동력원으로 하고, 인식 차단 장치를 이용한 스텔스 기능에다가 열적외선 차단 장치까지 장착한 놈이다.

호버링은 물론, 무소음 비행까지 가능한 놈으로 현존하는 침투 전문 비공기 중 최고의 작품이라고 할 수 있는 것이 이놈이다.

더군다나 한 가지 특별한 점이 있다. 마법진과 인공지능, 양자 컴퓨팅을 합쳐 만들어진 에고가 장착되어 사용자를 보조한다는 것이다.

아직도 학습이 진행되고 있는 중이라 완벽한 것은 아니지만, 그것만으로도 지금까지 나온 에고 중에 최고라고 할 수 있을 정도의 능력을 가지고 있다.

'후후후, 거기다가 전부 수가공으로 만든 것이라 등록이 되어 있지 않아서 이런 일에 아주 적합하지. 잘해보자.'

어느새 다가온 성진이 형이 내 애마를 바라보더니 고개를 젓는다.

"그것까지 꺼낸 것을 보니, 아예 작정을 했구나."

"무슨 비밀이 있는지 알아내는 것도 중요하지만 기밀이 최우선이니까. 더군다나 그자와 관련이 있다면 반드시 필요할 거야."

"위험한 예감이라도 든 거냐?"

"그래, 형."

형이 말한 대로다.

중국을 떠날 때 사용한 이후로는 고이 모셔 놓았지만, 자꾸 의식을 건드리는 기시감 때문이라도 오늘은 어쩔 수 없이 사용해야 할 것 같다.

"그럼 나도 꺼내야겠구나."

"그러는 것이 좋을 것 같아, 형."

성진이 형이 침대로 다가가서 장식으로 달린 침대 머리를 비틀었다.

작은 비밀 서랍이 드러나고 형은 그 안에서 검은색이 도는 비갑 한 쌍을 꺼냈다.

비갑은 손등에서 팔꿈치 아래까지 덮이는 활 쏠 때 쓰는 궁시 장비 중 하나다.

제작된 연도는 탄소연대 측정으로도 알아낼 수 없었다. 이런 저런 경로로 알아본 바로는 저런 양식의 비갑은 고구려 때나 쓰였다고 하니 꽤나 오래된 물건이다.

센터에 들어가기 전에 복무하고 있던 부대의 마지막 작전을 수행하는 도중에 찾아낸 것으로 형이 기념품 삼아 몰래 빼돌려 놓았던 것이었다.

암자를 떠나 서울로 올라온 후, 학교에 입학하고 얼마 지나지 않아 형이 숨겨놓은 곳에서 찾아온 것이었다.

시바의 신상 밑에서 얻은 것만큼이나 상당한 힘을 내포하고 있다는 것을 스페이스를 통해 알아낼 수 있었고, 도움을 받아 에고를 장착시켰다.

에고를 완전히 활성화시키지는 못하는 상태임에도 비갑을 사용하게 되면 형의 무력을 기하급수적으로 늘어나게 된다. S급은 아니지만 A급 진성 각성자 수준을 뛰어넘는다.

"너는 안 쓸 거냐?"

"후후, 이미 챙겨놨어."

비갑을 팔에 장착하는 하는 형을 향해 손을 흔들었다.

슈트를 입은 내 손 안에도 색깔은 다르지만 형과 같은 형태의 비갑이 채워져 있다.

"어쩐지, 애마를 꺼낸다 했다."

형의 찬 비갑은 묵린갑이라고 하는데, 찰갑처럼 비늘 같은 문양이 새겨져 있어서 그렇게 이름을 지었다.

그리고 내가 차고 있는 비갑은 붉은 색에 화염 문양이 새겨져 있어서 적신갑이라고 이름을 지었다.

센터에 들어가기 전에 군에서 수행한 그 작전을 끝으로 부대는 해체됐고, 부대원들도 모두 제대를 했다.

그런 작전이 있었다는 사실은 철저하게 비밀에 붙여졌고, 우리 부대에 대한 기록마저도 모두 지워졌기에 제대 후 남은 것이라고는 군 복무를 했다는 사실과 비갑뿐이라서 기념 삼아 지은 이름이다.

'부대원들은 잘 있는지 모르겠군.'

나와 형이 속했던 부대원들은 수많은 작전에 참여하면서 전우애를 쌓았지만, 서로의 이름은 모른다.

기초훈련과 특수전 훈련을 모두 마치고 부대에 배속이 되었을 때 처음 만났을 때부터 센터의 알파 팀처럼 암호명으로 불렀기 때문이다.

수십 번의 작전을 수행하는 동안 피보다 진한 전우애를 쌓았지만, 알파 팀처럼 철저히 관리되었기에 진명도 모르고 어디에서 사는지도 모른다.

다들 한가락 하는 실력을 가졌으니 잘살고 있을 테지만, 어떻게 살고 있을지 정말 궁금하다.

"부대원들 생각했냐?"

"잘 있겠지?"

"잘 있을 거다. 각자 가지고 있는 능력을 생각하면 언젠가는 만나게 될 거다. 그 녀석들이라면 지금쯤 내가 전해준 비갑들이 가지고 있는 힘을 알아냈을 테니 말이다."

그저 일반적인 유물인 줄 알았는데, 비갑에 놀라운 비밀이 감춰져 있다는 것을 알게 된 형은 무척이나 놀랐다.

형이 몰래 챙긴 비갑은 한두 개가 아니었고, 기념으로 서로를 기억하기 위해 부대원들에게 몰래 전했기 때문이다.

"하긴, 비갑이 가진 힘을 알아내고 같은 길을 가게 될 테니 언젠가는 만나게 되겠지."

너무 위험한 것이었기에 팀원들이 알지 못했으면 하는 바라지만 가지고 있는 실력으로 봤을 때는 헛된 바람이다.

형 말대로 지금은 비갑이 가진 비밀을 알아냈을 것이 분명하니 말이다.

의지를 가진 유물은 아니지만, 비갑이 가진 힘을 알았다면 나와 형처럼 같은 선택을 했을 것이기에 지금으로서는 훗날을 기약할 뿐이다.

부디 좋은 만남이 되길 빌 뿐이다.

"가자. 오늘은 야간작업이 없을 테니, 지금 시간이면 대충 살펴볼 수 있을 거다."

"알았어. 얼른 타."

"그래."

내가 애마에 올라타자 형도 내 뒤에 탔다.

위—잉.

손잡이를 움켜잡는 순간, 지문과 DNA가 인식되며 시동이 걸렸다.

한국에 도착한 후부터 그동안 스페이스가 업그레이드한 운행 정보 시스템이 곧바로 의식과 연결이 된다.

— 운행자 인식 완료! 마스터, 안녕하셨습니까? 3년 1개월 14일 만에 뵙게 되는군요.

1차 업그레이드를 하고 처음 접촉했을 때 내 의식을 등록한 시간을 정확히 기억하는지 반갑게 맞아준다.

스페이스가 에고를 장착하고, 그동안 완전히 활성화시킨 덕인지 사람과 대화하는 것 같다.

— 그래, 오랜만이야.

— 뵙고 싶었습니다.

— 그래. 이제 곧 작전이 시작될 거야.

— 작전에 대해 인식할 준비가 되었습니다.

애마의 대답이 들려오고 난 후, 이번 작전에 대해 대략적으로 생각을 했다.

— 마스터의 의식 데이터를 업그레이드했습니다. 시뮬레이션을 시작할까요?

— 시뮬레이션까지는 아니고, 지금은 지원만 해줘도 될 거 같아.

— 그럼 1차로 마스터의 안전을 위한 보호 프로그램을 가동하고, 2차로 지원하는 이원 체계로 가겠습니다.

— 알았어. 지금 출발해.

— 예, 마스터.

지—이잉!

천장이 열리며 이동할 준비가 끝났다.

— 가자.

— 예, 마스터.

동체를 에워싸는 배리어가 켜진 후, 내 생각을 따라 애마가 소리 없이 솟아올랐다.

〈『차원통제사』 제6권에서 계속〉